蜂鸟文丛

二十世纪外国文学大家小藏本

车夫，挥鞭！

Fouette, cocher!

〔法〕达尼埃尔·布朗热/著

余中先/译

人民文学出版社

著作权合同登记号　图字 01-2017-4490

Daniel Boulanger
FOUETTE, COCHER!
copyright © Editions Gallimard 1973 for *Fouette, cocher!*
© Editions Gallimard 1979 for *Un arber dans Babylone*
© Editions Gallimard 1978 for *L'Enfant de Bohème*
© Editions Gallimard 1982 for *Table d'hôte*
Simplified chinese translation copyright
© People's Literature Publishing House 2018
All rights reserved

图书在版编目（CIP）数据

车夫，挥鞭！／（法）达尼埃尔·布朗热著；余中先译.—北京：人民文学出版社，2017
（蜂鸟文丛）
ISBN 978-7-02-013326-0

Ⅰ.①车… Ⅱ.①达…②余… Ⅲ.①短篇小说—小说集—法国—现代 Ⅳ.①I565.45

中国版本图书馆 CIP 数据核字（2017）第 214525 号

责任编辑	黄凌霞
装帧设计	刘　静
责任印制	徐　冉

出版发行	人民文学出版社
社　　址	北京市朝内大街 166 号
邮政编码	100705
网　　址	http://www.rw-cn.com
印　　刷	三河市西华印务有限公司
经　　销	全国新华书店等
字　　数	112 千字
开　　本	787×1092 毫米　1/32
印　　张	8.125　插页 4
印　　数	1—6000
版　　次	2018 年 10 月北京第 1 版
印　　次	2018 年 10 月第 1 次印刷
书　　号	978-7-02-013326-0
定　　价	42.00 元

如有印装质量问题，请与本社图书销售中心调换。电话：010-65233595

Hummingbird
CLASSICS
蜂 鸟 文 丛

达尼埃尔·布朗热 (1922—2014)

法国作家,生于贡比涅,做过杂志社编辑,为新浪潮电影撰写剧本并参演角色。作品有长篇和短篇小说,以及诗歌和戏剧。短篇小说集屡获大奖:《乌鸦的婚礼》(1963)获短篇小说大奖,《盘旋路》(1966)获圣伯夫奖,《尿泡与灯笼》(1971)获法兰西学士院短篇小说奖,《车夫,挥鞭!》(1974)获龚古尔短篇小说奖,《流浪儿》(1978)获法兰西国际电台图书奖,《巴比伦一树》(1979)获摩纳哥大奖。1983年至2008年,担任法国文学大奖龚古尔奖的评委。

《车夫,挥鞭!》着意刻画被命运捉弄的不幸者,碌碌无为的平庸者,无社会地位的小人物,尤其是被巴黎人瞧不起的"外省佬",反映经济发展、生活走向富裕过程中小老百姓的日常苦恼。作者观察世事眼光敏锐,善于透过日常生活描写人的内心世界,把凡人琐事写得出人意外,从看似平凡庸俗的日常生活中提取出荒诞古怪来,素有"魔法师"的美称。

达尼埃尔·布朗热
Daniel Boulanger

出版说明

二十世纪,世界文坛流派纷呈,大师辈出。为将百年间的重要外国作家进行梳理,使读者了解其作品,人民文学出版社决定出版"蜂鸟文丛——二十世纪外国文学大家小藏本"系列图书。

以"蜂鸟"命名,意在说明"文丛"中每本书犹如美丽的蜂鸟,身形虽小,羽翼却鲜艳夺目;篇幅虽短,文学价值却不逊鸿篇巨制。在时间乃至个人阅读体验"碎片化"之今日,这一只只迎面而来的"小鸟",定能给读者带来一缕清风,一丝甘甜。

这里既有国内读者耳熟能详的大师,也有曾在世界文坛上留下深刻烙印、在我国译介较少的名家。书中附有作者生平简历和主要作品表。期冀读者能择其所爱,找到相关作品深度阅读。

"丛书"将分辑陆续推出,"蜂鸟"将一只只飞来。愿读者诸君,在外国文学的花海中,与"蜂鸟"相伴,共同采集滋养我们生命的花蜜。

人民文学出版社编辑部
二〇一六年一月

译 者 序

达尼埃尔·布朗热（Daniel Boulanger，1922.1.24—2014.10.27），高高大大，一个大脑袋，一副秃脑瓜，十分可爱的样子。他不仅是作家，还是电影编剧和演员。他生于贡比涅，祖上是佛莱米人，父亲制造并经销奶酪。他自幼喜爱音乐，受过严格的钢琴演奏训练。他早年立志从事教育事业，后来却当了作家。第二次世界大战爆发后，他因从事反纳粹侵略活动而于一九四〇年被捕，关押了一个多月，又被编入强制劳役队去德国做工。一九四三年，他从劳役队逃脱，之后，一度流亡巴西教授法语，还放过羊。一九四六年离开南美，居住在乍得，当公务员。1950年代末他返回法国，在多家杂志社做编辑，同时进入电影界，为不少的新浪潮电影撰写脚本、对话剧本，还在一些电影中扮演角色。其间，他陆续发表长篇和短篇小说，以及诗歌和戏剧作品。他常年居住在桑里斯,笔耕不辍,创作精力十分旺盛。从1983年起,布朗热担任龚古尔奖的评委,直到2008年辞职。

布朗热无疑是当今法国最著名的短篇小说家之一,其短篇不但数量多,而且质量精。人们已经难以数清他创作的短篇小说的具体数目了。据说,他年轻时曾立下誓言,要写一千篇短篇小说。他的不少短篇集子还先后获得法国的重要文学奖:一九六三年的《乌鸦的婚礼》获短篇小说大奖;一九六六年的《盘旋路》获圣伯夫奖;一九七一年的《尿泡与灯笼》获法兰西学士院短篇小说奖;一九七四年的《车夫,挥鞭!》获龚古尔短篇小说奖;一九七八年的《流浪儿》获法兰西国际电台图书奖;一九七九年的《巴比伦一树》获摩纳哥大奖。另外,他还写过《女人的夏季》(1969)、《阿尔米德花园》(1969)、《城市的记忆》(1970)、《旗舰》(1972)、《下城区的王子们》(1974)、《鸡鸣集》(1980)、《过客》(1982)、《绕城游戏》(1984)等短篇集。当然,布朗热也写其他体裁的作品,如长篇小说、诗歌、儿童读物、剧本等。其中,他的长篇《影子》(1960)与《多妻的总督》(1960)被人认为是"新小说"一类的作品,叙述者对所见的事件一一列举,不做任何心理分析和社会学分析。《马之海》(1965)与《扁舟》(1967)的主题是回忆,前者写丈夫对妻子神秘出走的痛苦思索,后者写两位老人翻阅明信片沉湎于往昔的美好回忆。他的长篇还有《冰冷的街》(1958)、《黑门》(1966)、《彼岸》(1977)、《儒勒·布克》(1988)等。布朗热的诗集有《修改》(1970,获雅各布奖)、《鸟笼》(1980)、《形象旅馆》(1982)等。儿童读物有《水手之歌》(1976)等。

但法国的批评界一致公认,布朗热的短篇小说是其创作中最有特点的。

短篇小说这一文学体裁的定义十分难以界定,法国人所谓的"nouvelle"即短篇小说,是跟所谓的"roman"即长篇小说相对的,两者之间并没有什么"中篇小说"的概念。对出版社而言,一千五百个词以下的叙事作品,一般都被认为属于短篇小说。短篇小说通常被认为只有一种叙述"声音",一种现实,而长篇小说则往往是多声调(复调)的。

在法语中,"nouvelle"的另一意义是"新闻"。写下一段有些变"旧"了的"新"闻,便是短篇小说。德国批评家弗里德里希·施莱格尔(Friedrich Schlegel,1772—1829)说过,短篇小说是"一段不属于历史的故事";法国的这位短篇小说大家达尼埃尔·布朗热则说,它如同沙漠中的花朵那样"怒放一瞬间",此话有些中国人说的"昙花一现"的味道;安德烈·纪德说得更绝,当然似乎也更平凡:短篇小说"是写来为人仅仅读一次并一下子读完的"。总之,短篇小说是一种小体裁,属于叙述类的文体,一般都有故事,也有人物。法国人所用的其他术语,如 conte、récit court、nouvelles brèves、fictions de longueur moyenne、micro-roman、mini-roman 等,也都指短篇小说,恰如英语在 tale、short novel、short story 等术语之间的来回摇摆。

布朗热的短篇小说创作,恰逢法国短篇小说在第二次世界大战之后经过清淡时期迎来百花齐放的时期。很多作家都写短篇:萨缪尔·贝克特

· 车夫，挥鞭！·

这样的荒诞派戏剧家写短篇，阿兰·罗伯-格里耶这样的新小说家也写短篇，安德烈·斯谛这样的左派作家写短篇，被指控为"与德合作分子"的让·季奥诺也写短篇……这一时期的佳作数不胜数，马塞尔·埃梅、安德烈·莫洛亚、鲍里斯·维昂、亨利·特罗亚、埃尔维·巴赞、罗曼·加里、安德烈·皮耶尔·德·芒迪亚格、吉尔贝·塞斯布隆、达尼埃尔·布朗热等人都为法国的短篇小说艺术增了光添了彩。

布朗热的短篇作品着意刻画被命运捉弄的不幸者，碌碌无为的平庸者，无社会地位的小人物，尤其是被巴黎人瞧不起的"外省佬"，短篇集《车夫，挥鞭！》反映经济发展、生活走向富裕过程中小小老百姓的日常苦恼；《盘旋路》反映了日益变得尖锐的老年人社会问题。而集子《过客》则大多以幽默的笔调探索小人物内心世界的恐惧和孤独。

布朗热常以道德家的面目出现，观察世事眼光敏锐，善于透过日常生活描写人的内心世界，把凡人琐事写得出人意料，从看似平凡庸俗的日常生活中提取出荒诞古怪来，素有"魔法师"的美称。布朗热借书中人物之口这样说:"我不喜欢荒诞古怪,但如果这荒诞古怪的东西就在我们的身边,那就另当别论了……"不过,他投在小人物身上的目光毕竟还是充满了温情和善意,幽默中透着同情;他的短篇似速写,常常一气呵成,文字风格简练,幽默诙谐,常常交替使用省略、速写、影射、比喻等手法。他笔下的人物乍看之下会显得有些怪僻,却具有丰富的情感,他们被命运无情捉弄,成为孤独、恐惧、疯狂的牺牲品,然而又不甘心束手就擒,频频抗争,于是在荒谬的社会现实中演出了一幕幕触目惊心的荒诞悲剧。

《车夫,挥鞭!》中,马车夫埃米尔·高登斯目睹了汽车工业的发展,以及出租车行业的兴起,他成了本地"唯一一个依然还在驾驶公共马车载客运行的人",他那些抛弃了马车而改行出租车司机的老同行,现今百般嘲讽他,而他却毫无痛楚地看着出租车抢走他的生意,乐天地对待自己日益衰落的行业,因为他相信,"无论如何,总会有某个人过来,让他带上逍遥自在地去兜它一趟风"。

《署名》中,朱兰大师身不由己地成了艺术赝品制造者,但当他面对另一个更加狡猾的造假者时,为了蝇头小利,只得默默忍受,眼睁睁地看着对方在他的作品上签下了绘画大师库尔贝的名字,去骗更多的人,去赚更多的钱。

在《马雷朗热先生的乐谱》中,马雷朗热先生因为丧妻无子,性格变得十分孤僻,最后发展为想象狂,一次次趁着黑夜作案,偷偷地焚烧别人家的童车,在烧车时熊熊燃起的火焰中,他的眼前才能浮现出亡妻的笑脸,他悲凉的心中才能得到些许安慰。

在《夏延谷》中,夏延谷游乐园成了一些精神空虚的有钱人摆脱都市"闹剧"的栖息地,躲避现实世界的小乐园,寄托精神依靠的游戏场。作者寥寥几笔就勾勒出了一个叫莫里斯·福日的大亨的形象,通过种种讽刺性的描绘,如房子中豪华的家具、吩咐专车司机时的专横口吻、公司开会时鸦雀无声的气氛等,揭示出主人公空虚而又孤独的心灵、外强中干的本质。特别令人惊诧不已的是:他颐指气使地把手下人的名字几乎统统改了一遍,看门的那个本来叫"马丁·格贝斯特,但是老板更喜欢叫他菲利克斯",另外的那些,"他更喜欢管她们叫菲丽西、菲利西安、菲丽西娅。菲丽西娅的原名叫朱丽叶特,菲利西安叫罗贝尔,而菲丽西则叫莱奥娜。整夜都在凡尔赛式的花园里转悠的那条狼狗叫菲力"。

布朗热的小说很善于制造一个出人意料的结局,即便有时候结局已定,在小说的结尾还是会有一个令人难以猜想的细节,把读者引向联翩的遐想。在《肖像》的最后,当曾经被一个流浪汉强暴过的女主人公爱丽丝故地重游,回到当年的那个伤心之地时,她惊讶地发现,有人一而再再而三地往这栋房子的窗台上送上用套索套杀的野兔,谁都不知道这天上掉下的馅饼来自谁的报恩之心,但爱丽丝却明白,那分明是"痴情的"流浪汉赠送的礼物。

在《景中一影》中,作者直到最后一刻才点明事实真相:退休的教堂圣器室管理人阿希尔·尼耶普写信给她的养女,告诉她,他已经把她的母亲也即自己晚年才娶的老伴朱丽叶特杀了,因为他实在忍受不了残疾的朱丽叶特怪僻的行为。

可以说,对生活的细致观察,对人物寄予的深切感情,对真实性的独特把握,对叙事艺术的刻意追求,是布朗热短篇小说的艺术特点。布朗热曾把自己的诗集《扑满》(1976)比作一个"真正的扑满",他说:"这里面有我各种各样的宝贝玩意,我希望它不仅有裤子扣,而且还有金路易。"确实,布朗热的短篇小说正是这样的一个扑满,读者是可以在里面发现真正的宝贝的。

余 中 先

写于厦门大学进贤教师公寓

二〇一六年三月二十一日

目　次

车夫，挥鞭！ …………………………… 1

署名 …………………………………… 14

婚礼日的早上 …………………………… 31

朋友 …………………………………… 37

夜读 …………………………………… 70

夏延谷 ………………………………… 77

景中一影 ……………………………… 98

肖像 …………………………………… 132

一个天使经过 ………………………… 172

宵禁 …………………………………… 189

马雷朗热先生的乐谱 ………………… 212

车夫,挥鞭!*

"阿里斯蒂德你可听到没有？税把我压榨得干枯如柴了。我没有了房子。别的人住在里面。我去瞧一瞧他们。这样下去我会疯掉的。"

路两旁种植了山毛榉的大道一直通向大海,马车夫扯亮了嗓子唱着歌,那么欢快,而歌词却是那么忧伤,马儿的步子都变得左拉右扯了,被这怪不习惯的走板荒腔的歌声搞得有些无所适从。通常,套马驾车的埃米尔·高登斯根本就不会拉紧缰绳勒它的嘴,他总是保持沉默,一副若有所思的

---

* 本篇《车夫,挥鞭!》(Fouette, cocher!)选自短篇小说集《车夫,挥鞭!》(Fouette, cocher! 1974,获龚古尔短篇小说奖)。

样子,有时候,他确实是在思考。那些时候,天空维系在斜坡半腰处发现的一朵花儿中,在一个窗户中,而他感觉到就在那窗户后,他会发现种种更为甜美的事物,而他很满意的生活也会显得更为富裕。这一切并不对自身提出问题,却提出了一个简单的证明:大千世界是种种部件的一个集合体,每个部件全都个顶个地要紧,而他,一个马车夫,仅仅只是这庞大机器中的一个小零件而已。当他吃饭时,腊肉和鸡蛋就占据了前台,而把大地的其余部分全都隐藏在了它们中,并以此来滋养他。而当他捎上一个乘客漫游兜风时,马车就容纳了地球的人口,甚至也包括了他路遇的那些行人,那些在他看来似乎远离他那包有铜皮的踏脚板的行人。假如他那些抛弃了公共马车而改换带发动机的汽车的同事在那里百般嘲讽他,嘲讽他还死死抱定他的马儿不松手,那不是因为他在他们眼中太落后——每个人都不敢坚定不移地赖在这古老的游戏中,每个人全都明明白白地意识到,埃米尔已然是唯一一个依然还在驾驶公共马车载客运行的人了——而是因为,他跟他们不可同日而语,因为对绝大多数人来说,最基本的在于,做

· 车夫,挥鞭! ·

人做事别太出格,要跟他们的邻人相像,要把自身混同融化在大众之中,作为对以数量作保的原始牲畜的纪念,并承载着畜群的巨大重量,一步一步走向死亡。埃米尔心中并无丝毫宗教意识;对于他,生命和死亡就像是被铁铲切断的一个蛆虫的两截,一截留在上面,另一截则留在了土里。有时,他会在马车夫的座位上一连待上好几个钟头,就在海边漫步道上,或是在火车站旁边,而车站里,列车离开日光,驶入一个玻璃棚底下,回到船儿的黑夜中,或是在海盗船广场上,几座雕塑的脚下,那里,鸽子们飞来停栖在三角帽的青铜羽毛中,并以每一番飞翔,象征水手们的胜利,只见他们因日晒雨淋而绿锈斑斑,脚穿靴子,膝盖前弓,挥舞手中的马刀,像要冲锋,摆出他们三角形的造型,每个人都直面朝向一个理想的中心,显示出战争是一个著名的游戏,可以延伸为三个同等荣耀的朋友、同胞、对手,就在一个狭窄的砌石垒台上,在无穷无尽的浪涛中淘洗一番之后。埃米尔·高登斯毫不痛心地瞧着那些旅行者一个个钻进出租车,那些避暑者纷纷拥挤在他们自家的汽车里,无论如何,总会有某个人过来,让他带上去逍遥自在地兜它一趟风,他会先讲好价钱,然后就摘下挂在牲口脖子上的燕麦口袋,拉紧缰绳。说到价格,他自己没有什么价格表,有时候贪婪吝啬,有时候宽松大方,只接受人们认为该给他的合理数目,因为没什么人跟他竞争,至于去拜访一下财政部门的审计员,以决定他缴税的数量,这对于他,就像是生活中的一个星期日,但很是致命。他穿戴得衣冠楚楚,整整齐齐,前去拜访那位公务员,此人衣装旧派却始终簇新,现在已经系不上扣子了,因为发福了不少,红红的大胖脑袋上戴了一顶斑鸠色的瓜皮帽。他既不耍什么阴谋,也不玩什么心眼,只不过是再自然不过地来上一个小小的作弊,只谈到他的马儿,那确实是某一种神话,在不同的年龄阶段,它有好几个名字,一会儿是公的,一会儿又是母的,先后被叫作面向东、圆卡头、俏人儿,今天这一匹则叫作阿里斯蒂德。

"您还没有休您的假吗?"审计员问道,"今天可已经是夏季的最后一天啦,但您即便在最严寒的冬天也工作……人们看到的只有您。"

"我生来就是劳碌命,"埃米尔再次开口说道,他站在那里,手里捏着瓜皮帽,"我出生于高

· 车夫,挥鞭! ·

山地区的比利牛斯人家庭,冬天被围困在雪墙之中的农夫,而直到服兵役的年纪,我一直都分享着他们的生活。在我们那里,一到冬季,我母亲就会那样对您说,审计员先生,假如她还活在世界上的话,说是,农夫们只能做两件事:喝酒,做爱。我,我见证了这些,我没有马厩姑娘,没有表姐妹,没有亲姐妹,我就跟时不时还能在一道冰墙上碰上的一个女邻居,她会哆哆嗦嗦地让我赶紧了结。那时候,我已经只梦想大海和一匹马了。我只会拿我的生命来结束,不欠任何一笔账。留一点点燕麦给阿里斯蒂德,我的安身地在格罗塞尔大妈那里,而顾客就是国王。"

"总之,您的生计还是很宽裕的,"审计员高声嚷道,他的快乐就是拿手指头生捅拜访者的疮疤,但快乐中也夹杂着难堪,因为对方实在是太自由了,"您对我说到了燕麦,但从来没说到过葡萄酒,哪怕只是小小的一杯都没有,假如您能给我计算一下的话,怎么样?"

"根本就没有什么小小杯,"埃米尔无辜地回答道,"没那习惯。"

"您这是想说明什么呢?"因为这一位尽管那

么灰头土脑,却对马车夫生动感人的诗情画意不会无动于衷,他会摇摆于嘲讽和好奇之间。

"要紧的,是干渴。"埃米尔说。

"所以,人们见到您清晨三点钟熟睡在您的马车上,根本就不担心那个您叫它什么来的?"

"阿里斯蒂德。它就站在那里睡觉,什么都不缺少。"

"有传闻说,巡夜人越来越经常地送您回家。不过并没有什么风波,这一点我承认。"

"我从来就不大叫大嚷,"埃米尔说,"我几乎都不说话,我总是站得稳稳当当的,我堂堂正正地缴纳我的税。"

"我们将因此而多增加六分之一的税额。"审计人总结道。

瓜皮帽落到了地上,埃米尔目瞪口呆地感觉到,他的一只脚正在抬起来,准备踩上那帽子,但他及时地命令自己的脚重新归于宁静,并弯腰捡起了帽子,用胳膊肘一蹭,掸掉了上面的尘土。现在,他瞧着那小个子正从他的木头扶手椅中站起来,朝他行了一个军礼,房间里的气味对他变得很痛苦。

"阿里斯蒂德居住得更好。"埃米尔说。

"我不明白,"审计员说,"您有过马厩的费用吗?"

"没有,"埃米尔说,他言简意赅得让人心软,"我是想说,不待在原地等待又顶个屁用? 或者,莫非是要我白白地奔走一趟不成?"

他不无尴尬地感觉到自己在抱怨,但他情不自禁地继续抱怨下去。

"我套在车辕中,它则躺在长椅上,或者什么人都不载,白白地走在路上。玩一番贵族老爷的派头! 为我自己而行驶!"

"或者,干脆全都卖掉算了,"税务员有些恼火地说,"既然您在公共广场上,而您又没有采取任何控制措施。"

"我有一个计数器。"

"而您却不让它启动! 我懂得这里头的窍门的。"

"假如您上了车,"车夫说,"您就会看到我施行的价格,可是您又没有时间,您总是要着急慌忙地赶时间。"

"请原谅,"另一位说,"很多人在等我。"

确实，穿过门厅时，埃米尔看到那里乱七八糟地挤满了人，一见审计员出门露面，他们似乎全都你拥我挤地堆积在了一起。他第一次感觉到了怜悯。他们显得那么猥琐别扭，一个个全都那么地缩脖端肩！埃米尔戴上了帽子。楼梯散发出军营的味道，但生活就在那陶瓷彩釉的长长入口之外，在那里明晃晃的大门中，带着两个辐条漆成红色的轮子，还有阿里斯蒂德那卑鄙地下沉下来的左腿。

"走，去格罗塞尔大妈那里。"埃米尔平静地说，一边说一边爬上了他马车夫的座位。

阿里斯蒂德斜向地抄近路而行，让一股汹涌的汽车洪流停在了马路上。

在老板娘家中，比一个波浪之谷还更软乎更美味的一份南特式白菜正等着车夫，边上是小小的一瓶大普隆葡萄酒。

"带给我家庭吧。"埃米尔说，身边都是别的瓶子。

"埃米尔，"女老板说，"你就不应该问一声你这样穿着小夹克是从哪里过来的。你说呢？"

"他们要杀害我。"车夫喃喃道。

· 车夫,挥鞭! ·

"那些官僚老爷!"格罗塞尔大妈高声嚷嚷道。

"因为他们怀疑,我们是过着一种真正的生活。"埃米尔继续道,"好啦,来喝上它一口吧。"

格罗塞尔大妈的短腿猎犬伸出前爪,呼哧呼哧地叫着,直往她的身上扑,装出要往钱柜那边跑的样子,然后却回来挠她的围裙。

"罗格,你怎么了?"老板娘说,"你想给我看什么呢?"

她跟随它走了过去,原来这家伙揭发了它同伙干的好事,一只小狐狗刚刚把一张钞票藏到了抽屉柜里,并把它撕成了碎片。

埃米尔瞧着格罗塞尔大妈跪在柜台后,把撕破的钞票粘贴起来。

"世界并不像你唠唠叨叨地对我说的那样好,"她对他说,"对人对畜生都一样。我可怜的埃米尔,从你高高在上的车夫座上看过去,你应该有一个更宽阔的视野,你就像一个小屁孩那样无辜,对他来说,天空从一米的高度起就开始了。(她把她的手心转向地面,在空无中量出一米的距离。)你就这样发现了那些人,他们想置我们于死地而后快,这样,他们就将用机器来代替我们。他们的进步,它可真的够漂亮啊!还是说说你吧,你没有任何人要负担,也没有任何后代。"

"你知道什么啊?"埃米尔说。

食客们渐渐挤满了大厅,但格罗塞尔大妈在车夫的宣告面前惊得目瞪口呆,一直就没有缓过神来。

"这么说来,你对我们隐藏了什么事情吗?"

"当然啦,对我,"他突然高声嚷了起来,让众人着实有些发蒙,他们全都知道他是那么平和宁静,乖巧得如同地窖中的酒桶,"当然啦,对我,我当然很高兴能组成一个家庭啦,车夫,挥鞭!有一个漂亮的家,有女儿,有儿子,还有别的,这该有多好!此外,我还将去看望他们。"

他用方格子桌布的一角擦了擦脑门,在众人的普遍惊讶中走了出去。格罗塞尔大妈维持着主桌上的谈话,每个人都承认说,他们的埃米尔已经变了一个人,而他的瓜皮帽做了一次来回运动之后,就消失在了橱窗的窗帘上方。总之,如果说,有什么人酒量很不错的话,那就数他了。如果说,有什么人还称得上心平气和的话,那就数他了。

· 车夫,挥鞭! ·

路两旁种植了山毛榉的大道始终如一地通向大海。阿里斯蒂德再也走不动了。他们已经行驶了十五公里,主人始终在唱着歌,让它拐上了一条低凹的路,现在,那个液态的要塞位于右侧,大海的围墙蜿蜒曲折地爬行于齐整的草地之上。在一道栅栏面前,埃米尔停住了马车,揪下了好几把雏菊,拿来给马擦身体,它的肚子在白沫底下抖动,很像是暴风雨中的一个船壳。阿里斯蒂德低下了脑袋,一直垂到地面,就那样待着,而埃米尔则沿着一道芦苇席的栅栏走去,并透过几棵李子树,望着一栋白色的房子,只见这是一栋督政府时期建筑风格的老屋,古板严谨,门楣上开了一个牛眼窗,很通风,大门高高地开在一个带六个台阶的阶层之上。一个男孩子正在远处的草地上玩耍,手脚并用地爬着。一个小姑娘捧着一些花回来了。一个四十岁模样的男子在一把布面的扶手椅中读报纸。能听到音乐声在室内咕噜咕噜地起泡泡,并且从敞开的窗户中缓缓涌出。西斜的夕阳为大门两边的立柱增添了一丝轻微的偏移感。埃米尔感觉自己的心在怦怦乱跳,一直要从喉咙口跳出来,而他的两腿软绵绵的,如同被掏空。他不得不坐下来,分拨开绿篱中的两丛灯芯草,延长他的窥探。那兴许就是他儿子,他的孙子孙女,兴许,但是那个老太婆已经不在那里了,无法说出个究竟,整整一个夏季,他曾在附近的树林中认识过她的。

埃米尔重新缓过气来,回想起了往昔岁月中他的力量,跟太阳一般的辉煌,而他从海滨火车站接载的那个姑娘,回家之前的这一路上,就奉送给了他,她每天都重新找到他,悄悄地,疯狂地,她一言不发,紧紧地抓住他的后脖子,仿佛是为了不看到他,并把那非凡牲口的脸紧贴在她身上,让它钻入她的心。三个月!而她再没有回来过。埃米尔此后许多次地发现她,穿越城市,走下一艘船,坐上火车,始终有一个面色苍白的男子陪同,他挎着她的胳膊,走得不如她快。那还是"面向东"的时代,漂亮的带有白色斑点的黑小子,它从市场那里走,趁着主人采购的空当,向商贩讨要蔬菜,而高登斯先生则为它保留着好一些胡萝卜和甜菜呢。

埃米尔不再观察那栋幸福的房屋了,而是在一片芦苇席中随手折了一根,给自己做了个牙签。他小心翼翼地剔了剔牙,然后就站起身来。儿子,兴许是儿子,始终在读报纸,无疑正在寻求发现世界运行的秘密。儿子,肯定无疑!埃米尔耸了耸肩膀,走回阿里斯蒂德身边,它正保持着一种幕后休息的舞女的姿势,屈腿扭腰,嘴唇朝下。山毛榉的小径很快就升向了天空。埃米尔,在上升途中,行走在马儿的旁边。

署 名[*]

　　这一位朱兰大师是子承父业当上的公证人,尽管他仅仅只有法律方面的才能,尽管他一心想当个艺术家的梦想,以及总是孤单一人独处的习惯,使得他十分厌恶阅读法令条例,会晤法律顾问,参与变卖活动,管理票据,接待委托人的造访。由于一大帮中规中矩的女雇员——那些摆在事务所文档架上的差不多一个世纪的档案资料对她们毫无秘密可言——的支持,他又担负了首席书记这一职;不过他只是在必要时动一动笔签个字而

---

[*] 本篇《署名》(*La Signature*)选自短篇小说集《车夫,挥鞭!》(*Fouette, cocher!* 1974,获龚古尔短篇小说奖)。

已。他的大部分时间则是在花园尽头的工作坊里度过的。那是一个宽敞的画室,装饰有玻璃棚窗,室内安顿了一个陶瓷火炉,烟囱管道穿越了整个房间,从每年九月到来年五月,始终给室内带来旺旺的炉火,暖暖的春意。人们需要叫他时,便会从办公室那边摁一下电铃。电铃的铁线招引来一大群燕子和燕雀,有时候,它们会成串成串地落在那上边,把铁线都压弯了。朱兰大师把自己反锁在那里,满怀一腔妒羡之情,埋头于创作他的作品。他亲自动手,搬来烧火取暖用的木柴,在朝向室外的窗洞口汲取一个一成不变却又不断更新的绘画主题,一片乱七八糟的草场,一座像玩具一样横跨在溪流上的石头拱桥,一座遥远的高山,只见从那石灰岩的层面上,矗立起一些苍白色的围墙,悬崖绝壁处却又草木丛生。这些油画沿着墙壁一字儿排开,直到有一天终于排列不下了,他才利用星期日的时间把它们摘下来,送到地下室去,反正他是个单身汉,星期日有的是空闲时间。那是搁放葡萄酒的拱架后面的一个小隔间,地面上铺着木头格子的踏板,只有他一人掌握着那里的钥匙。他时不时地前去那里,看一眼那些风景画,每次去都会发现,潮湿正在随心所欲地侵蚀绘画,让它们变旧变潮,他只得用一块软布轻轻地擦去画上的霉斑。他像一个嫉妒心极强的吝啬鬼,从来没想过要把他的作品拿给别的人看,只是一味地陶醉于自我欣赏之中。每当他爱恋的目光落到其中某一幅作品上时,他的心里兴许都会那样想,有人想把它夺走啦,不行,得让它留下来,成为我们的一个秘密,免遭任何的评头论足,哪怕它会引来众口一致的表扬声。当朱兰大师准备宣读贝利亚尔夫人的遗嘱时,他也马上要庆贺自己六十岁的生日,还有他的第一百幅画有拱桥的风景画了。这位贝利亚尔夫人是他父亲的老朋友,她家的城堡坐落在城市的另一边。老寡妇跟一大群猫生活在一起,每到夏天,她就会让她十五六个孙子孙女来她家中住上一星期,希望以此来享受一番天伦之乐,为此她会临时多雇一个女用人来做饭。此时此刻,她的两个与朱兰大师年龄相仿的儿子,正由他们的妻子陪同,端坐在公证人的办公室里,室内一片静谧,而拿破仑一世风格的家具,那椅子脚上的、桌子角上的,还有那两个带有衬了绿色绸缎的金属网架的大衣柜三角楣上的铜制的狮身鹰头怪兽,则更加剧了室内的那一片沉默。来客们的目光最后终于落到了公证人的那把装饰有人面兽身怪物形象的扶手椅后边用一条褪色的饰带高高拴住的镜子中,不禁面面相觑,而公证人却迟迟没有露面。最后,皮革面的双重房门终于打开,神色庄严的录事走了进来,看到那些遗产继承人马上悄无声息地站了起来。

"请坐。"朱兰大师说,用手心稍稍压了一下满头浓密的白发。

他对已故的老妇人只字未提,而是匆匆地读了一遍死者的最后遗愿。贝利亚尔夫人决定把她的大部分财产遗赠给一些优秀的动物画作者。惊讶的眼神,苍白的面色,还有紧紧咬住的牙关,死者家属的这种种表情,与仪式主持人那平淡无奇的声调恰成极其鲜明的对比。他刚刚宣读完毕,老太太的一个儿子就腾地站了起来,一拳头砸在了办公桌上,这一拳头是那般猛烈,挂在墙上的镜子当啷一下震落了下来。另一个儿子忙不迭地连声道歉,朱兰大师这时候才意识到他刚才都读了些什么,感谢老天帮了他一个大忙,以玻璃的碎片宣告了这次会面的结束。贝利亚尔一家把公证人拉得老长老长的脸归结于一把强忍之下才勉强忍住的怒火,但是公证人却直瞪瞪地盯着墙上原先挂镜子的地方,如今,那跌落的镜框就躺在他的扶手椅中,留下了墙纸上一个色调异常的长方块,常年里隐藏在镜子后的这一方花束图案,还保留了鲜亮的丝绸小扎带,他第一次想象着,他可以依据这图案画出一幅画来。

"没关系的,"朱兰大师说,"别跟我提什么赔不赔钱的事。纪念物难道是可以替代的吗?"

他想表现得和蔼可亲,但是假如来访者想表现得更为和蔼可亲的话,他就会让他们感到难堪,因为那两对夫妇并不比他本人更关注打碎了的镜子,并且仍然还没有理解立遗嘱人的奇思怪想,倒是被那消息震撼得目瞪口呆。

"她那时候头脑清醒吗?"那个一拳砸在桌子上的儿子问道。

"说的是谁?"朱兰大师说,他的目光已经飘向了别处,移到了画了那么多遍的小石头桥上,而在最后的一稿上,他加画了一只公鹿正穿越小桥,去追踪一个扎着方头巾的姑娘。

"母亲贝利亚尔夫人。"另一个儿子冷冷

地说。

"她特别喜爱动物。"

"那我们又该怎样呢?"

"我的首席书记会告诉你们一切的。"

朱兰大师微微点了点头,太太们并没有跟他握手。他脱去上衣,把镜框上的碎玻璃抖落下来,又跪在地上捡取撒落的碎片,然后就移步去了画室。当天晚上,他就把自己的一幅画缩小成镜框大小的尺寸,并把这件作品结结实实地挂上了墙。他坐在专门为顾客而留的一把扶手椅中,眺望着悬崖上方夜色笼罩的天空,小溪不流,悄无声息,那座小桥几乎就辨认不出来,仅仅凭借那位村姑漂亮的头巾的映衬,才能猜想它就隐藏在那里。黑暗中,很快就什么都看不见了,只剩下那一丝光线,等到下巴不由自主地抵到了胸口上,朱兰大师立即就站起身来。他凑到绘画跟前,心里不禁在问自己,这还是不是他自己的作品。当然是的啦,他的作品,像它这样一幅充满了大块大块或明或暗的色彩的画,还有被一头蹄腿纤细的公鹿所追赶着的这样一个姑娘,若不是他亲笔画成,他又如何能认出它来呢?他熟睡了,一夜无梦,天色刚刚发白,他就下楼来到书房。在他眼中,那幅画似乎一直以来就始终挂在那里,他不再去想它,而是一门心思地琢磨起即将开始画的另一幅来,或者是要把某一幅画从地窖里拿上来,重新加工,总之,他得走着瞧,是画新的还是改旧的,全取决于他的心情如何。一个画家总是在满是女人的后宫中。他总是不停地并同时地想要他所有的女人,让她们一个接一个地玩得痛快,在一个无边无际的王国中,在他那盏有千万颗珍珠的大吊灯的光芒底下,没完没了地尽情嬉戏作乐。

正是出于一种对自身秘密以及卑微地位的真诚与忠实,朱兰大师在他的账本上记下了第一笔假账,不过他还是担心会有一位可能的审计者或者善于研究的会计来查账。他的账本上记了这样的一笔:购买一块表。而实际上他买的是一个用实心橡木精工制作的旧画框,是在一次公开拍卖中竞拍来的。然而,他难道可以说,他这是想要为一幅画配它一个框吗?如同人们所说的,事情本来就是明摆着的,我们的某些行为,完全能通过复杂拼图的最后完成而得到自行解释,即便这神秘的拼图一度会被人为地搞得无比复杂。对朱兰大师来说,这一游戏的鼓动发起者是一个巴黎人,他当时正在附近寻找一个住所,想方便时过来到此地钓鳟鱼。男人拜访了好些房地产中间商,还有好些公证人。他来到了朱兰大师的事务所,正好面对着那幅画坐了下来。

"库尔贝①的作品吗?"他问,"精彩极了。多少钱?"

"它不卖。"朱兰大师说,同时也被自己干净利落的回答吓了一跳。

"祖传的老画吧?"另一位接着问。

"我父亲是从他父亲那里得来的。"朱兰大师说,这些话从他的嘴里脱口而出。

"那库尔贝肯定就是你们家的一个友人,一个老乡吧?"

"是啊。"朱兰大师说,他已经有些羞惭了,像是个被别人硬逼着说了句原本根本不想说的恭维话的孩子。然而,这一场喜剧最终还是以他自身的自制力的丧失而告终,他的脸羞愧得通红通红。

"我可以付十万法郎。我有二十个买主。"

---

① Courbert(1819—1877),法国著名画家。

"这么说,您对绘画也在行吗?"朱兰大师问道,显得颇有些土里土气。

"在右岸,"另一位承认说,"我开了一家叫莱维的画廊。"

"莱维画廊?"朱兰的声音顿时就变了调。

"我叫夏莱特,我的专长是十九世纪的魔幻艺术。对不起啦,让我瞧一瞧如何?"

他站起身来,走到了书桌的另一侧。朱兰大师也离开了他的扶手椅。

"它没有签名啊。"夏莱特说。

"我有一些签过了名的。"朱兰大师接口说,脸色变得苍白。

"啊!我亲爱的大师,今天早上我从巴黎出来时就有了一种预感。我刚出了第戎城①的路口,就轧死了一只白母鸡,我心中那个古老的肠卜僧②被唤醒了。天意不可违啊!能让我看看它们吗?"

"它们并不在这里,"朱兰大师平静地说,两

---

① 第戎:法国东部城市,距离巴黎东南大约290公里。
② 肠卜僧,原文为 haruspice,指古罗马时代根据火祭牺牲的内脏占卜的巫师。

眼直盯着在手里翻过来掉过去的那把裁纸刀,"它们都在一位表姐妹家里。您若是下次路过,一定会欣赏到它们的。"

"那我们就来定一个日子好了!"夏莱特说。

"那就夏末时节吧,您看如何?"

他们记下了日子,接着,夏莱特又就他为钓鱼而求租的房子特地交代了几句。

"假如我看到有什么合适的,"公证人说着,把那位画商一直送到门口,"我们马上就联系您。"

"画得实在太美了,"画商又补充了一句,说话间,还回头又瞧了一眼那画中的石头桥,"多漂亮的色彩啊!啊,还有这头鹿!"

"实在叫人心中不安呢。"朱兰大师嘟囔道。

但是,就在这一瞬间,他感觉自己就像一只自由的轮子,正痛痛快快地滚下一个斜坡。他的意识深处甚至在渴望能尽快地发现,库尔贝的签名到底是个什么样子。到了周末,两幅风景画就被灵巧地装裱起来,他还守在火炉边,把它们一一烘干。

他选定了几幅作品,画中,小桥隐约可见,大地的荣耀入木三分,饶有风味地力透画布,只见有一把锋利的铁锹,剖开了肥沃的土层,上面是一片平滑的草地,下面,仅仅三笔粗犷的线条,就勾勒出一条水流湍急的小溪。此时,一种不恰当的想法掠过他的头脑:把这几幅画卷到他卧室的地毯中去,地毯已经有好几个星期没有抖灰尘了,不过说来也巧,此时,朱兰大师看到了壁炉上方那面镜子中自己的身影,便仔仔细细地打量起了自己,他看到了他以往从未猜想过的形象,自己竟然长了一个化妆师的脑袋。毫无疑问。而怀疑本是干一番事业应有的品质。一个商人对一个近来的签名,对一片新落上去的灰尘,应该是不怎么会看错的!当他拿起一幅这样的画来细细察看时,当他觉察到那画布的质地还相当新时,他又会做何感想?朱兰大师一动不动地呆站在那里,盯着镜子中的自身,用双手紧紧地扶住了太阳穴,久久地责备着自己。

日子就这样一天一天地过去,当夏莱特再次来他那里时,朱兰大师以自己特有的方式接待了他,冷冰冰的一句话,落在一片寂静当中,把他带到了别处:那位表姐妹不愿意让那些库尔贝的画离开她。

"那么这一幅呢?"夏莱特问道。

"您得付出您上次提出的那个价的双倍。行的话就买,不行的话就拉倒。"

画商把那幅画摘下来,仔细端详,又翻过来看,又拿到窗户前借着光斜着看,接着把一个放大镜举到眼前,又拿出某个类似指甲钳一样的象牙玩意儿,还有两个小瓶子,那小瓶使得公证人回想起当年他母亲在火炉边上读了长时间的书之后会用来闻一闻的嗅盐。那画商现在跪了下来,把风景画放在地毯上。朱兰大师把脑袋扭转过去。他征服了一个马车上的巴黎,就像库尔贝一样,背上背包,手拿一根短木棍。明天,所有那些女人——你会看到她们在马车厢座深处的眼睛,它们将放射出跟飞疾的马蹄在街道砌石上飞溅出的火星一样多的火花——这些女人都将偷偷地跑来找他,摆姿势让他为她们画肖像。

"这曾是您祖父的吗?"夏莱特先生问道。

"我拥有的所有的画都是。"朱兰大师神秘兮兮地说。

"好漂亮,"另一位含糊其词地说,同时把他的那些小玩意儿全都收回到衣兜里,"给阿根廷人的漂亮货。我总是会让我的内心充满热情,这是我们做生意的基本,但是,我这次只能出我最初提出的价钱的一半。"

公证人低下了眼睛。

"可您还是做了一笔大买卖!"夏莱特补充道,"它可能会在橱窗里摆上好几年呢。"

听到这句话,焦虑的神色离开了公证人的眼睛,他什么话都不回答了,他仿佛看到,行人们在他的油画面前停下来,遐想一会儿,又穿过小桥,在那里,透过画室的窗玻璃远远地跟他打一个招呼。

"那就随您的意思吧。"他脱口而出。

另一位把钞票放到书桌上,朱兰大师不敢把它们拿起来。他把裁纸刀压到钞票上,送走了那位买主,走的并不是事务所的大门,而是朝街而开的那道小门。高山、天空和溪流一股脑儿涌入了那辆汽车中,朱兰大师久久地停靠在门槛上,望着那汽车消失在远方。街道陷入了无穷无尽的忧伤中。没有任何幽灵,没有任何善良或凶恶的王子曾走过这条街,也没有任何爱情在那么多别的过

· 车夫,挥鞭! ·

道上撒下过某种米粉,没有任何歹徒,跟那样一个即便在牺牲后还把自己的脑袋提在手上的圣徒同样可怕①。这是一条普普通通的街,黄粱美梦不会在那里留下巢穴。这是一条简简单单的街,在最后一刻被大人物的车队突然迷信地抛弃。

"您好,大师。"一个行人冲他打了个招呼,公证人却已经不记得他的名字了。

夜幕是从什么时候开始降临的呢?朱兰大师回到屋里,瞧着他办公桌上的那叠钞票。他差不多已经有十年时间没去首都逛逛了。这笔钱应该可以用来去巴黎好好玩一趟。节日永远是在别处,永远。快把那条街给忘却了吧,就让那幅画像一个姑娘一样从那里溜走好了!他瞧了瞧记录他约会的记事本,并咨询了他的首席书记。

"下星期我得去一趟巴黎。"朱兰大师说。

"我们有杜夫旅馆的破产事件要处理,这需要我们费三天时间。如此算来,您最好还是等到下个月再走。您会待很长时间吗?"

---

① 牺牲后还把自己的脑袋提在手上的圣徒,应该是指圣德尼,基督教圣徒,巴黎城的主保圣人。

首席书记并不比他的老板更惊讶,后者觉得实在无话可说,只是习惯性地答了一声:

"哦!……"

这一声"哦",包含了那么多实在难以承认甚至难以列举的大事。在这个感叹词里,有着同样多的羞愧和惊奇,同样多的渴望和畏惧。

在这一期间,朱兰大师撤离了他的画室,而在办公桌后面,也只是让人替换了那幅油画。杜夫旅馆和两份婚姻契约的事情没怎么让他操心。他经历着他戏剧一般的生活。他那如此平静的肌肤重新又像以往那样让他忧心忡忡。他揣在心口上的钞票使得他足以好好享受一番锦衣美食、灯红酒绿的生活,他惊讶地发现,自己的说话声也变得高腔高调了,回答他的室内仪式主持人时也会报以一笑了。

当他在巴黎火车站月台上跳下卧铺车厢时,他的第一个念头便是前去闲逛一下,碰碰运气。时节正值不热不冷的温和之季。他的漫步很简单,很天真,由于一个个交错而过的行人,他不得不绕了一大段路,一条在葱茏的树木下变得影影绰绰的林荫大道,一家糕点铺的橱窗,一家咖啡馆里的音乐声。然而他最终还是来到了他梦寐以求的那个地方,挂有莱维字样店招的画廊。在两株绿色植物之间,小小的石桥从高山底下跳了出来,朱兰大师俯身在玻璃窗前,以便抹除他自己的身体映在玻璃上的反光,更好地观赏他的那件作品,但是,在绘画的右下角,他只看到了库尔贝的署名,像是爬在褐色地面上的红蚂蚁。他的腿一软,有些站不稳,谁敢如何大胆?他是不是会走进去,把里面的一切砸个稀巴烂,把那笔很不光彩地得到的钱还给人家?他是不是会打碎橱窗玻璃,宣称他根本就不是一个赝品制作者?他是不是应该坦承,那幅沉甸甸的高山之上片片树叶一般的天空是他的作品,不是任何别人的,而只是他一个人的?

有那么几个人也像他一样停下来待了一会儿,瞧了一眼摆放在一块深蓝色丝绒上的那幅画。朱兰大师再也挪不动步子了。一对年轻的夫妇过来欣赏了一下这油画。公鹿头上的杈角在放出一种灰光。

"这很凄凉。"那个年轻女郎说道。

"它值好几百万法郎呢!"小伙子说,"我要是有那样的一幅画,我们就可以过上无忧无虑的生活了,还可以去非洲打猎呢。"

他们说着说着就走远了,朱兰大师朝他们的方向走了一步,然后又是一步,但是那对年轻人已经消失在了十字街头的人流中。朱兰大师瞧了瞧钟点,招手叫了一辆出租车,此时,他已经把他以前的承诺,还有方才的想法统统忘在了脑后,就在刚才,他还想过,应该把他卖画所得的钱送给那两位年轻人。

"去火车东站!"

"好的,我的王子。"司机应声答道。

夜幕初降时分,一列火车开出了车站,将带他前往离那座小桥只有两步远的地方。整整一个下午,他都坐在一条长椅子上等火车,椅子的一头躺了一个醉鬼,他身上发出的尿臊味不但没有令人感到不适,反而给他带来了愉快,那是灌木丛中小野兽的一丝淡淡气味。

婚礼日的早上*

"雷蒙,向我发誓。"

"这太可笑了,柯莱特!我们相爱了整整五年……"

"六年……六年又三个月。我明白,你要娶的是那个女人,但是请把这最后的一个早上留给我。"

"你是说婚礼日的早上,你疯了吗?"

"向我起誓。之后,我就再也不来打扰你了。只有当你召唤我时,我才会飞奔过来,决不会在这

---

* 本篇《婚礼日的早上》(*Le matin des noces*)选自短篇小说集《车夫,挥鞭!》(*Fouette, cocher!* 1974,获龚古尔短篇小说奖)。

之前。"

柯莱特扑上去抱住她情郎的脖子,再一次晃得他站不稳脚跟。他是城里头最漂亮的宽肩膀男子,但他再怎么强壮都没有用,她想怎么跟他睡就能怎么跟他睡,来上一番温存就行。婚庆典礼定在三天后,而柯莱特在想,此时此刻,她最好还是马上就走,趁着他孤独一人,没有她在身边,笨手笨脚,情绪胡乱的当儿,赶紧溜走,好让他三天后更好地坚守承诺。

"一大清早吗?"

"一大清早。"

她溜之大吉。他脚踏实地地留在了大地上,让他的思绪转向未来的妻子,本来已经是"豪华男人"业主的雷蒙,如今摇身一变,同时还成了"现代服装"的长长的门面,那是女方娘家带来的一笔取之不尽的嫁妆。他将融合两处房产,兼并整个行业,行驶于本省最长的那些柜台之间,沿着朝向中心大广场的橱窗,召唤来裁缝师傅,审查女收银员,匆匆编排奉承女顾客的恭维话,拿棱纹的印花装饰布引导她们,而到了晚上,检查一遍店铺的门窗是否关好之后,便跟妻子一起坐下来,安心地吃晚餐,由一个戴软帽的女用人来上菜。雷蒙抽了抽鼻子,一边闻着大碗汤和饭菜的香味,一边瞧着边上电视机的屏幕,感觉从心底里生起了一股令人高枕无忧的美妙睡意,被一种秘密的乳白色玻璃严密守护着。他伸出手去够他的那位伴侣,而柯莱特,哦不,不是柯莱特,而是"现代服装"的玛丽-玛德莱娜,上嘴唇被一滴睫毛膏烫了一下,则傻里傻气地给他送上一丝微笑。

婚礼日的早上,张灯结彩的钟楼底下聚集了一大批好奇的人,等待新婚夫妇的出场。教堂的中央通道上,新郎新娘两家的亲戚好友早已经开心地望着大门上的灯彩,而在教堂大门的台阶下,一辆辆披戴了花彩的汽车,把应邀来临的嘉宾成双成对地送到。众人交头接耳地低声交谈,但是,等待的时间一长,人们的嗓音便不知不觉地提高了三分,很快地,所有人全都叽里呱啦地加大了嗓门。出了什么事啦?在圣器室里,教堂主祭急忙派遣唱诗班的孩子、椅子出租婆、管堂执事前去探听消息。在王家面包馆的厨房中,大厨师施展出最后的一手,向打下手的弟子显示,如何在即将端上桌的鱼上最精彩地点缀上香芹。在广场上,桶栽的女贞树构成黑压压的一大片。但是,人们始终不见新郎官的踪迹,也没有新娘子的影子。半个小时之前,等得实在不耐烦的双方父母赶紧打出了电话,终于得知了消息,也只有他们才晓得实情:雷蒙还在呼呼大睡,呼噜声简直就能扫平楼梯的皱褶。他母亲刚刚去叫来了医生。

"他在熟睡呢,夫人。"

"这我看得很清楚。"

"我想,他应该是,人们应该是,总之,他这是喝了某种麻醉剂。他的脉搏很正常。"

"在新婚大喜的日子里……真是耻辱……真是丑闻……我又如何出面见人呢……但是,到底是什么让他变成这样的,他,搞成了这个样子?"

"夫人,"医生说,"我们恐怕就只有等待了。"

"可是钟声已经敲响,宾客已经来到,这又怎么办呢? 雷蒙,我的小雷蒙啊! 你倒是替我们想一想啊!"

"不要摇晃他,"医生说,"他什么都听不见。必须等到麻醉的效果过去……"

"……这还要很长时间吗?"

母亲的面容已经变形,眼泪一个劲地流着。

· 车夫,挥鞭! ·

她不得不解开胸衣的纽扣,缓解一下胸闷,大夫看到她长长地吐出一口气之后轰然倒下,便赶紧掏出一根针筒和一管兴奋剂。

柯莱特,面色略显疲惫,裹在一套紧身的礼服中,靠在一根大柱子后面,默默注视着事态的发展,看着宾客们骚动不已。眼下,在上帝之家①中,人们的嗓音提得很高,高得就跟在商业咖啡馆的大厅里一样,哦呦喂,她可就是这一家咖啡馆的女侍者。四个孩子手捧花束,八个伴娘穿着含羞草的珠罗纱,袒胸露肩,花团锦簇,城里的友人,乡下的亲戚,当兵的表兄弟,巴黎的侄子侄女,一个接一个地出来,满脸的疑惑,满心的焦虑。祭坛上,管堂执事给蜡烛盖上罩,唱诗班的孩子们低声地诅咒,看到本来足以买得起一小袋玻璃大弹子的东西如水流逝,彻底泡汤。到了中午十二点四十分,雷蒙还在大睡,鼾声如雷。六十个人拥挤不堪地聚集在商店楼上的公寓中,透过玻璃窗瞧着街对面的店铺,只见那里的窗玻璃上满是"豪华男人"店衣架模特儿的反射映像,展现在他们的

---

① 指教堂。

脚底下,向他们伸出了胳膊。大约一点钟时,雷蒙睁开了一只眼。人们给他洗淋浴,让他下地行走,把他带到王家面包馆,那里的大厨师在嘟嘟囔囔地发牢骚。这毕竟还算是一顿漂亮的大餐,但是新娘子不在那里。她应该卧病在床。

一个月后,人们宣告了新的婚礼。城里的一半人涌入了教堂和广场,等待着另一桩丑闻出现。它产生了,但很秘密,但很空白,但很受祝福。雷蒙娶了"现代衣装",心中始终在暗想,柯莱特为何离开了这地方。他能原谅她的一切,除了这一点。

朋　友[*]

蒙塔尔,外号小不点儿,当年在那场叫"奇怪的战争"[①]的战争中,在色当[②]附近失去了双腿。他的残废军人抚恤金不再允许他如愿以偿地继续他的集邮爱好,以往,每月一次,他会从他居住的第十五区前往马里尼方地[③],去收集邮品,跟人交换邮票,如今,这一来一回对于他已成为了痛苦不堪的远征。精神作用让他的骨头架子在轮椅中转

---

[*] 本篇《朋友》(*L'ami*)选自短篇小说集《车夫,挥鞭!》(*Fouette, cocher!* 1974,获龚古尔短篇小说奖)。
[①] 第二次世界大战初期,英国和法国对德国宣而不战,被世人称为"奇怪的战争"。
[②] 色当,法国东北部的一个城市。
[③] 马里尼方地在巴黎的第八区,为著名的集邮市场。

得越来越沉重。他想烧一些菜来吃,但根本干不动,他想出门去买一些东西来,但根本走不动,他住在楼房的底层,总想撩起窗帘来,好好地看一看外面的生活是如何进展的,对面楼房的一个个窗户构成了一个个锯齿形,生出了种种颜色、种种面容、种种花卉、种种鸟儿,变得跟他梦寐以求的那些邮票一样珍贵。刚刚搬来居住的那段时间,他在区政府的公民身份处有个不大不小的职务。人们都很喜欢他。他在楼梯底下从来就不用等太长时间,便会有一条条热情的胳膊伸过来,把他从一楼一直送到二楼的走廊上。无论是保安、执达吏、保洁女工,还是同事,谁都愿意来帮他,有一位女同事,身上总是散发出一种不太好闻的塞浦路斯香水味,每每见了他的面便说自己如何如何的孤独,但是蒙塔尔根本就不希望任何人来他的两居室公寓中居住,只有住在大门口另一侧矮种棕榈树中间的女看门人,会每星期过来一次,帮他打扫一下卫生。然后,有了那么一天,跟其他的日子并无什么两样,灰尘蓬蓬的光线依然照在沾满了墨水印的接待窗口上,图章架、文件筐依然摆放在周围,地板始终显出一种旧灯芯绒的颜色,顾客们始终是那么的愁眉苦脸(即便是那些前来申报孩子出生的人,也都不带一丝笑脸),那一天,下午下班之前不久,就在三位先生前来通报家中有一位至亲的人故去之后,风度优雅的瓦舍曼出现了。

他没怎么变,脑门上横着的一条长长的伤疤底下,仍还是那双蓝色的眼睛,但蒙塔尔不无羞惭地感觉到,他自己,却已经完全成为了另一个人,其证据就是,瓦舍曼居然没有一下子认出他来,而是直瞪瞪地盯着他的眼睛,问他,要延长身份证期限应该找哪一位办理。

"找我啊。"蒙塔尔说。

这时候,瓦舍曼用食指摸了摸自己的鼻子,然后又指了指对面的残疾人。

"蒙塔尔!"他说。

"瓦舍曼!"这一位也顿时高声嚷嚷起来,"你一进屋,我就认出你来啦。你一点儿都没变,但是我,我却变了,不是吗?"

"是的,"另一位说,"你瘦多了。"

"瘦了一半还多。"蒙塔尔抢着说,说着,在他的轮椅上猛地推了两下,一下子就后退到了办公室的最深处。

他的女同事们并没有扭转过脑袋来,她们对他的忧伤,对他的嘲讽都已经习以为常了,甚至有些麻木不仁了。有时候,在办公室开门之前,他不是会让自己悄悄地滑倒在地上,然后就在她们的裙子底下突然狂叫起来吗?他还有什么恐怖花招没向她们施展过?在办事窗口申请证件的人,过分专注于要提供自身的信息情况,并没有看到办公室里发生的这一幕情景。蒙塔尔笑着拍打了一阵自己的肚子,又猛地一转轮子,回到了原先的位子上。瓦舍曼两眼死死地盯着他,仿佛又看到了那天晚上的情景,在一片金黄色的落日余晖中,空中飘浮着一股浓烈的皮革和脂肪的气味。那一天,战争仅仅只是他们冒着枪林弹雨走完一趟巡逻之后玩扑克牌时的几声叫骂,他们看到高高的天空中盘旋着两架小小的侦察机,远比平常要飞得高得多。是的,确实是一个美丽的夜晚,前沿阵地中的士兵有着那样的一种骄傲,仿佛半岛伸进了一片平静的大海之中,狮子的爪子伸在了一条地毯上。一个那样的夜晚,很久之后,太久之后,人们会回想起它那过分细腻的制作。敌军的炮兵在三个小时中摧毁了一切。一切全被炸飞,没有被炸死的人也全都成了俘虏。当年没被炸死的人多年后又相遇了,在一辆小小的镀镍的车子里。

"你呀,你还是老样子,"蒙塔尔接着说,嗓音中透出一丝忧伤,"那是一个何等的夜晚啊,你还记得吧?是一些德国佬把我捡了回来,切了我的腿。我在一个帐篷底下待了两个星期,那里有电风扇,有皮带轮,我跟你说的还只是设备,而最厉害的是……"

"我请你们原谅,"一个正排队等待办事的妇女说,"我把孩子们留在了家里,你们可不可以别在这里讲你们的故事啦?"

"我们可是以前同一条战壕里的战友,"蒙塔尔说着,送给她一个微笑,想让她平静一下,"一段枪林弹雨的回忆,一个死里逃生的人!"

"战争总是让你们开心,无论是在之前,其间,还是之后,但是,我可是有急事啊。"

"给她办。"瓦舍曼说。

"给她办,"那女人一下子就嚷嚷起来,"给她办!称呼一声夫人难道会让您的牙齿脱落几颗吗?"

"给这位夫人办。"瓦舍曼接着说,脸色变得苍白。

"夫人,夫人!我可是听出了您的声调,话里有话啊,您知道的。"

"行啦行啦,快别生气了。"一个女办事员对那位生了气的女人说。

"我总有我的权利吧,"这一位又叫嚷起来,"我的孩子们年龄还很小,我家里又没有用人,我。假如你们为这个或者那个的破事,能少给我们发一些证件,那我也就用不着来你们的办公室浪费时间了,再者说了,谁知道这会儿家里会出什么事情呢?"

"一切都有可能发生,"瓦舍曼用一种平静的嗓音打断她说,"孩子们嘛,有什么干不出来的。打开煤气啦,烧东西烫着啦,把刀叉戳进眼睛里啦。"

蒙塔尔颇有些尴尬,问那位女人道:

"请问您要办什么?"

"申报改变地址。"

"那可不是在我这里办的,"我们这位雇员回答道,"看到警察分局了吗,出门去吧。"

"可是明明有人告诉我说,要到这里来的。"

那女人还在坚持。

"有人欺骗了您,夫人。"瓦舍曼说着,为她打开了门,然后又走回来对蒙塔尔说,

"一天到晚都是这样的事情吧?"

"一直到我的梦里还是如此呢,"蒙塔尔低声说道,"它们会有声有色地进入我的梦境中来。"

"够了吧,"一个嗓音在等待者的队伍中响了起来,"这里到底是一个客厅,还是一家咖啡馆呢?你们自己的时间,爱怎么糟蹋就怎么糟蹋吧,但是,请别浪费我们的时间!"

"那你还留在那里面吗?"

出现了一阵沉默,因为瓦舍曼转身朝向了那些正在排队的人,他的目光是一种透亮的蓝颜色,那是很要命的。

"今晚上见,"他说着,把胳膊肘撑到了窗口上,"我会在大门口等你的。"

*

"要是没有邮票,我是会安排好我的一切的。我一不抽烟,我二不喝酒,我三不赌钱,我吃得也很少。"

瓦舍曼从蒙塔尔的肩头上望过去,死死地盯着一枚三角形的邮票,邮票上,两棵棕榈树的伞形树荫交织在一起。

"这很贵吧?"

"抵得上两晚上梅约尔音乐厅①的门票钱,"蒙塔尔说,"不过,我这只是说说而已。我现在唯一的走动就是去马里尼方地淘邮票,但我已经不再推着轮椅去了,我老了,连轮椅都推不动了,路上那么乱糟糟的,根本就谈不上安全。我早已经像是夹在两片指甲之间的一只跳蚤了,你怎么还想要我进到一辆出租车里头去呢?如今人们已经造出了可折叠的轮椅,"他说着,拍了拍轮椅上用来当扶手用的亮闪闪的铁管子,"我完全可以为自己弄它一辆。瞧好了,就是这个,但是,我根本就没有犹豫过。"

他翻过几页邮票册,把某一张邮票指给他看,邮票上的缪斯脑袋形象已经被抹得有些模糊了。

"就是它。"

---

① 梅约尔音乐厅本是巴黎的家音乐歌舞表演场所,位于巴黎第十区,今已不复开张。

· 车夫,挥鞭! ·

瓦舍曼伸出一根手指,抚摩了一下那张淡黄色的小方邮票,蒙塔尔注意到,他那位最近重见的朋友的手指甲很干净。无可挑剔的瓦舍曼!他瞧着那一位洁净无瑕的双手,心里不由得生出一种惭愧。在他的回忆中,瓦舍曼始终打扮得衣冠楚楚,喝酒时总是拒绝仰脖子痛饮,或者用别人的杯子。

"你怎么样?"蒙塔尔问道。

"有时候好,有时候差,到处都一样。"

"马无夜草不肥,人无横财不富,"蒙塔尔说,"在眼下这个时代,经营马饲料很有赚头啊,这是显而易见的。"

"要让马儿上膘,就得多喂草,"瓦什曼解释道,"我在马延地方①认识一些供应商,我为郊区的一些跑马场提供干草麦秸什么的。"

"你有办公室在巴黎吗?"

"一个电话机就足够了。我在十五区有一个两居室的公寓,另外在杜尔当②还有一辆带挂斗

---

① 马延是法国西部的一个省。
② 杜尔当是离巴黎不远的一个郊区小镇。

的货车。"

"你结婚了吗?"

"没有,"瓦舍曼说,根本就不在意这一细节,"你要是有一台电话的话,你就能干得跟我一样好。跟我一起干吧,我还真的缺少一个好的合伙人呢。你现在能挣多少?"

"每个月七百吧,外加我的抚恤金。"

"以你的职位,你能拥有一部电话吗?"瓦舍曼继续问道。

"我认识一个家伙,"蒙塔尔说,"但是他要价十万法郎,当然是旧法郎。两个月里头把钱给他就成。"

瓦舍曼把一只手伸进他的裤子屁股兜,掏出一沓钞票,数出了那个数目。

"目前,每个月能给这个数,你觉得怎么样?这生意,我一定让你感兴趣。"

这时候,蒙塔尔才发现,瓦舍曼原来身穿鲜亮的衣服,脚蹬锃亮的皮鞋,活像是一个风头十足的模特儿。

"半年之后,我将能得到一半的养老金了,"蒙塔尔说,"兴许,到那个时候……"

"假如你愿意的话,"瓦舍曼说,"能见到你我真的是非常高兴。这段时间以来,我还真的只有你一人。"

"你就没有再见过任何人吗?"

"没见过任何人。"

蒙塔尔把轮椅转了一个方向,打开了白木头制作的碗柜底下的门。"我这里还剩一点马德拉葡萄酒。"

"不,"瓦舍曼说,"我不怎么爱喝甜酒。再说,还有人在等我呢。"

"结婚了?"蒙塔尔又一次问道。

"没有,"瓦舍曼说,"偶尔也有女朋友相伴。不太经常的。其实有没有全都一样,我不怎么喜欢说话。可她们都愿意让你跟她们说话。那你呢?"

"总是有一些好奇的女人,"蒙塔尔说,"在医院的时候就已经开始了。确实,她们都愿意让你跟她们说话。"

他们闭口不说了,瓦舍曼瞧着挂在床上方的照相框。

"这是我父亲,"蒙塔尔解释说,"一个漂亮的美男子。他曾经在尼姆①服役。他是去年刚刚去世的。"

"他脸上好像搽了粉。"瓦舍曼注意到。

"在14年之前,所有的士兵全都搽粉的,"蒙塔尔说,"脸上搽粉,头发上打蜡。就像你一样。"

"街上很安静吧?"另一位问道,说着还掀开了窗帘。

"太安静了。"

"从来就不会太安静的。"瓦舍曼说。

瓦舍曼坐在那里,两手抱着头。

"我梦想生活在一个空荡荡的世界中,"他说,"只有马,没有别的。"

"你赌赛马吗?"

"不,为什么呢? 有马匹,有草料,就行了。"

"马肉店,"蒙塔尔说着,把轮椅推向了窗前,"我从这里就能看到它。"

"人实在太肮脏了。"瓦舍曼说。

又是一段死一般的沉默。瓦舍曼的神色有些厌烦。

---

① 尼姆在法国的南部。

· 车夫,挥鞭! ·

"那晚上呢,你从来就不出门吗?"

"有时候,我会到林荫大道那边走一走。这就像是在碰运气。转到哪里算哪里。然后,我就回家。我没什么可抱怨的。我睡觉。"

"半年后,"瓦舍曼说着,随手把邮政日历摘了下来,"我们就迎来春天了。再见吧,我到复活节的那个星期再过来。"

"相信我好啦,"蒙塔尔说,"真是奇怪啊,瞧,我已经用蓝铅笔把它给圈上了。"

他从床头上的一大摞报纸中取出一本一周星座运势表,把他递给朋友,让他读。

"好运气!"瓦舍曼叹了一口气,"你是宝瓶座的吗,跟莫扎特一样?"

"还有奥林匹亚的偶像歌星萨姆·贝洛克①,他也是宝瓶座的,我很喜爱萨姆·贝洛克。你瞧瞧,这个星期里,我应该能遇上好运。"

"再见,"瓦舍曼说,"我今天非常高兴。"

---

① 萨姆·贝洛克(Sam Belloch),虚构的人物。

*

接下来的那个星期一,回到底楼一层的家里后,蒙塔尔发现有一封信,他的心就剧烈地怦怦跳起来:他是从来没有什么信件的人。

信封上没有寄信人的姓名,它来自歌剧院那个街区。他在信里头发现了一张邮票,就裹在透明的玻璃纸套中。邮票上的图案是两棵彼此交织在一起的蓝色的棕榈树,色调有些发旧,并没有改写票值的印记。一股暖乎乎的热流顿时让他感觉到了双腿的回归,能让他奔跑着穿越整个巴黎,那里的每一条街上都有一家集邮的店铺,全都跟一个里面活蹦乱跳着五颜六色鸟儿的竹笼子那样轻便。瓦舍曼就待在所有那些柜台后面,身穿斜纹的背心,双手细腻,笑容满面,眼睛里充满了你说不上来的什么柔情,恰似某种外国宗教所崇奉的神明。一瞬间里,蒙塔尔的思绪又回到摆在桌面漆布上的那枚蓝色邮票上来,它就放在那把他一起床后就灌得满满的咖啡壶以及中午刚刚开吃的那个肉酱罐头之间。这小小的三角形邮票包含了任何一个金字塔都从来没能包容过的旅游成果和纪念意义。蒙塔尔感到自己浑身一阵轻松,第一次毫无遗憾地回想起那个把他当作死人一样遗弃的黎明,以及在此之前的那个炮火纷飞的夜晚。那曾被认为十分可怕的经久不息的炮火轰鸣,宣告的并非一个跟他拼死作对的世界,而是一个朋友的诞生,他就像是一只始终坚定有力的援手,在你步履趔趄即将摔倒的时候会伸过来扶住你的胳肢窝。他的心情是那么激动,使他久久难以入睡,而他的断腿残肢产生出一种他从未有过的正在生长的感觉,到后来,甚至连他自己都快要相信了,他只要一蹬腿,他的脚就会伸出床外,就能穿过铜制的床栏,一直拖到地上,并试图碰到窗边的墙上。

离办公室开门还有一小时,他就早早地到了班上,他推动轮椅,在区政府大楼的台阶前转过来又转过去地徘徊。一个负责安全的警员看到了,赶紧跑过来帮他。那些警察,他是全都认识的。

"嗨,您是不是想装出一副卖力的样子,来讨好别人呀,蒙塔尔?抽支烟吧?"

"您就从来没有起得那么早过,从来没有如此迫不及待地要穿上制服,而不管是白天还是黑夜,都始终不愿意脱下它来,好让它结束得更快,到最后,可以去养兔子,养好多兔子,好多好多的兔子,养大后把这些兔子全都放到街上去吗?巴黎城满大街都是兔子,您一走上大街就会碰到它们,踢到它们,踩到它们,被绊倒摔死在它们身上,人们全都得死在一张一望无际的巨大的兔子皮上,嘴唇之间全都是兔毛,眼睛里全是兔毛。死神散发出兔子的气味,请原谅我这么说,朋友。请问您有火吗?"

那个巡警掏出他的打火机,点燃了火,远远地递了过来。

"我说这些……"

"……没看到有什么不好,"蒙塔尔接着说,"但是我有些神经质。"

一个塞内加尔清洁工把他的大扫帚在路边阳沟的水流中浸湿了,然后在人行道上描画出一些龙飞凤舞的图案。

"对不起。"他说,手中的扫帚碰上了轮椅的轮子。

蒙塔尔把轮椅移开了一米,警卫则连连后退。

"我们碍着你了吗?"这雷子说。

· 车夫,挥鞭! ·

"是的,碍着我了。"那黑人说。

"您没有注意到,"蒙塔尔说,"眼下他正在呼呼大睡吗?夜里,他敲鼓跳舞,而白天,他就睡觉。人们还以为他们在干活,错啦:您推他一把试试,他就会倒下的。您就让他睡他的觉好啦。各人自有各人的样嘛。"

警察耸了耸肩膀,走开了。人们是不能随便抱怨残疾人的,他们的想法是不能被再削弱的。蒙塔尔原地转了一个圈,轮椅驶向了塞内加尔人。

"你每天要干多少公里的路呢?"

"大约一万吧。"

"我可不是在开玩笑啊。"蒙塔尔突然变得很挑衅的样子。

"我也不是在开玩笑,"那黑人回答道,"从巴黎到考拉克①,从考拉克到巴黎。"

"考拉克?"

"我的家乡。"扫大街的这位说,把身子撑在了扫帚把上。

"总之,你留在了那里,而这里的时光则全都

---

① 考拉克是塞内加尔的一个城市,濒临大西洋。

不作数。"

蒙塔尔吸了一口烟,此刻,他眼中看到的没有别的,只有一栋带有坡道的房子,轮椅的转轮系统可以依照其经过时的情况而随意转换方向,沿着缓坡驶上斜面。说句实在话,他可是从来就没有离开过此地。花园里摆有一些陶瓷兔子,模仿得十分逼真,除了他,就没有人知道,那都是一些存钱的扑满。有时候,从台阶上,他会用枪瞄准其中的一只兔子,为当年的日子收集一点生活费。现在,有一些人会来拜访。瓦舍曼前来看望他,他说到了美妙的夜晚。扫地者没有动,蒙塔尔冲他微微一笑。

"你是新来的,我从来没有见过你,你说的考拉克,它怎么样?"

"有一些房子建在高高的桩子上,"塞内加尔人说道,"人们给轮船装油。"

"那么,每天到底要干多少公里呢?"

"这我还从来没有注意过。我们这些好伙伴在一起。我们一边干,一边聊天,我们从来就没有想过。意外事故吗?"他说着,用下巴尖指了指蒙塔尔的轮椅。

• 车夫,挥鞭! •

"希特勒。"蒙塔尔简单地答道,而这三个字如同寂静中迸发出来的一颗枪弹,呼啸着,以其致命的一击,穿越了广场。

"哈哈!"考拉克的男子嚷嚷起来。

"假如你了解他的话,你就不会笑得那么厉害了,"蒙塔尔说,"尽管有时候这也会让我发笑。还真的要有那样的一个,时不时地往你的脑袋里来上么一粒铅弹。"

"哈哈哈!"另一位开怀大笑着,走开了。

在广场的另一端,他还在放声大笑,这时候,有一只手突然搭到了蒙塔尔的肩膀上,一只散发出塞浦路斯香水味的手,尽管它稍稍有些发红,有些皱纹。

"咕咕?你在等待你那小小的助手吧?至少,你的夜里还过得不错吧?"

女同事神气活现地出现在了他的面前,蒙塔尔在心里第一百次地想道:她真的很像是一块海绵。适用于一切的海绵。比她的外表要远远好多了。这个女人有水储存着,而没有了水,人们是穿越不了沙漠的。然而,在带有斜面缓坡的房子里,它也只能留在浴缸的边上。我时不时地会过来挤一挤它,会用它来擦一擦手,一直到把里面的水挤得几乎一滴不剩为止。而它马上就会恢复原先的形状,就仿佛什么都没有发生过似的。海绵留在它的那个角落中,但人们在整个屋子里都能感觉到它,即便那些房间门全都关着。在花园的深处,在那些装满了钞票的陶瓷兔子扑满之间,人们也能猜测到海绵的存在,它同样也是个动物。

"您一句话都不说吗?您要把话都留着,等顾客上门时再说,是吧?"那位女雇员继续嗲里嗲气地说道。"但是,总会有那么一天,当他们前来要求签字盖章的时候,我们将不再在那里了,您也好,我也好,谁都不在这里了!我们都去哪里了?离他们全都远远的!退休了。您没想过这一点吗?您还想要对您的女朋友撒谎吗?我知道您是不撒谎的。而您是不会对我肯定这一点的,是吗?小心,请注意啦,那个叫布朗歇的女人来啦,这个专说别人坏话的娘们儿。看来,我们是永远也不可能单独相处了!您是不是愿意我有一天送您回家呢?我一想到您需要走上又走下的所有那些人行道,还有那些十字街头,我的老天啊!啊,布朗歇,你还好吗?"

· 车夫,挥鞭! ·

两个女人互相拥抱了一下,在空无之处丢下了吻,也就是说,在对方的耳朵底下。

"我正等着呢。"蒙塔尔嗓音干巴巴地说了一句,眼睛只盯着通向区政府大楼三个大拱门的那一片台阶。

"布朗歇没有那么大力气,"洒了塞浦路斯香水的那个女人说,"我们再耐心等一等吧,我的小宝贝。我去叫一个警察来。我们缴纳的税也够多的了。喂,劳驾您了,能不能过来帮我们一下?"她朝边上不远的一个警察喊道。

她微笑起来,仿佛那三个从警察分局门口走过来的警察就是专门冲她而来的,要把她带往那条安装有毛玻璃的走廊,带往那暗无天日的办公室。而他们还将在那里停留一会儿,在衣帽间那边跟她开开玩笑,这会让蒙塔尔十分难为情,要知道,他丢掉了双腿的同时,也丢掉了很多勇气。

"她的小宝贝!"蒙塔尔嘟囔道,看到台阶在眼前摇晃,慢慢地接近了大门口,而看门人一边打开大门,一边呋噜呋噜地唱着什么小曲,"竟然把我叫作她的小宝贝!"

但是,瓦舍曼的嗓音在他的内心中响起,盖住了女求爱者的声音。灰色的石头地面突然闪现出一顶丝绸面帽子的反光。半年时间,那到底是什么意思呢?

女看门人正忙着烹调的菜肴的大葱气味弥漫在整栋大楼中。

"喂?"蒙塔尔在电话中说。"对,这里是瓦舍曼公司。什么,下星期要供货十五吨吗?最好在上午到货。好的,包在我们身上了。"

他一记下来后,就挂断了电话,又拿起了放大镜来。这是一张纪念阿亚库乔战役胜利[①]五十周年的价值十分钱的橙黄色邮票,但是缺了个齿。下午就得把它给退回去。他的目光慈爱地滑过他那第二辆轮椅,可折叠的,非常轻巧,他只要用一根手指头,就能轻轻松松地拎起它来。那是瓦舍曼赠送给他的,当时,他让他在以瓦舍曼的姓氏命名的商行中即位,不过,实际上,那只是总部的一

---

① 阿亚库乔是秘鲁的一个城市,隶属阿亚库乔大区瓦曼加省,为阿亚库乔大区的首府。阿亚库乔市内有三十三座教堂,每一座代表耶稣生命的一年。1824 年,此地发生了南美独立战争中著名的"阿亚库乔战役",此役结束了西班牙人的殖民统治。

家分公司而已。从那之后,瓦舍曼公司的一切就要在位于住宅楼底层的蒙塔尔家开始了。通过一架简简单单的电话机,这位残疾人明白到,人们可以并不离开自己的座椅就把整个大地托举起来。他甚至还想到了,巨大的财富全都是这样建立起来的,用不着挪动一步,仅仅一根电话线就足以。

每个星期里,都会有一辆出租车在电话的预约下前来接他,送他前往邮票市场。这才是节庆般的大日子。他更换了他的家具,引入了锻铁,霓虹灯,连他自己也说不上是为什么,一张戴高乐将军的彩色肖像使得女看门人忍不住问他:

"您现在经常光顾大人物的场所吧?"

她根本就想不到,她的房客会有如此惊天动地的变化,他简直就是焕发了第二度青春。假如他做到极致的话,那将会是何等模样? 现在,他的柜橱中有整整一面的三个塑料搁架上都放满了领带,还有了一个大冰箱,以及不少的瓶装酒,有了一个骨制的烟斗,叼着烟斗还妨碍不了他唱歌。她现在帮助他采购,他则邀请她分享现成做好的菜肴,不需要再加工,只要加热一下就成,那是从大街上那家菜馆里送过来的。他把他的吸尘器借给她用。大事小事他都肯鼎力相助:慷慨解囊。有些人的运气真是好极了,他们有一起打过仗的战友,有忠心耿耿的朋友,发了财却没有把朋友忘记。

"您那位风度翩翩的朋友,"她说,"我可是有些日子没见他了。他近来怎么样呢?"

蒙塔尔无法回答她,因为对瓦舍曼的情况,他知道的也并不比她更多,他也正在为瓦舍曼近来不怎么露面而有些痛苦呢。他担心的只有这一点,这才是最要命的基本问题。最开初的一段时间里,瓦舍曼还给他留下了记事本,还通过那些供货商和顾客,跟他保持着联系,还特地让人给他印制了一些带商号抬头的空白公文纸,还给他在银行里开了一个户头。瓦舍曼甚至还在他那里过了好几夜,就睡在屏风后面的一个长沙发上,那沙发还是他送来的呢,说是为了改变一下房间里的布置,能在闲聊时派上用场,而确实,有好几个晚上,他们俩就在那沙发上谈天,谈得很晚很晚,最后竟不知不觉地进入了睡梦中。随后,拜访渐渐地变得空疏起来,蒙塔尔开始为朋友的缺席感到痛苦,尽管他还在不断地接到对方的电话,收到他从外省寄来的信件,东一地西一处的,根本就没个准头,此外,他还收到银行户头存款方面的利好消息。

一天夜里,睡梦中的蒙塔尔在床上翻了一个身,发现瓦舍曼竟然就在旁边。他还以为自己在做梦,揉了揉眼睛才看清楚,这原来是真的。

"你是怎么进来的?"

"我有备用钥匙的,你瞧。"

"这我本来不知道的,"蒙塔尔说,"你的神色怎么那么疲惫啊?"

"我真想好好地睡上一觉啊。"

"那就多睡一会儿吧,刚才你还真的吓了我一跳,"蒙塔尔说,"但是我很高兴。就在今天早上,我还跟我们的女看门人谈起过你呢……"

"都说我什么来着?"

"说不知道你都变成什么样了。"

"始终还是老样子嘛。"瓦舍曼说着,从他的皮夹子里掏出一个小小的信封,那上面贴了一张第二帝国时期的邮票,十分稀有的。

"简直叫人佩服得五体投地。"蒙塔尔喃喃道。

"你可别这样。"瓦舍曼说着,脱掉了鞋子。

蒙塔尔赶紧掏出他的放大镜,想到了哈姆要塞①,想到了欧也妮②、贡比涅③、巴赞④、比亚里茨⑤,禁不住思绪万千,浮想联翩,有那么一点点像是,当你打开词典的一页后,一个词会突然跳将出来落入你的眼帘,然后又跳出来另一个。瓦舍曼已经躺下了。

"你口渴吗?"蒙塔尔问道,"昨天,当你给我

---

① 哈姆堡,或曰哈姆要塞,是一个军事要塞,后改为监狱,位于法国北方的索姆省,当年拿破仑第三未当皇帝时,曾被关押在此地(1840—1846)。
② 欧也妮,指拿破仑的第三个妻子欧也妮(1826—1920),原是西班牙人。
③ 贡比涅,巴黎西北部的一个历史名城,有法国王室的行宫,第一次世界大战德法休战协定就是在那里森林中铁道上的一节火车车厢中举行的。作家布朗热本人就诞生于此。
④ 弗朗索瓦·阿希尔·巴赞(1811—1888),法国军人,以勇猛沉着深得拿破仑三世的信任,从一个二等兵晋升到法国元帅。在普法战争中表现出犹豫与平庸,未能率领法国最后一支约为十七万官兵的军团全力突围,最终投降普鲁士。
⑤ 比亚里茨是法国的一个著名旅游胜地,位于法国西南部比利牛斯-大西洋省比斯开海湾的一个市镇,18世纪以降,那里的海滩吸引了人们来此地度假疗养,其中,英国维多利亚女王、爱德华七世、西班牙国王阿方索十三世等欧洲王室成员都曾去过。

打电话时,你就应该告诉我,你会过来一趟,那样,我还可以为你准备一点吃的。"

"从昨天起,可有什么新消息没有?"

"什么都没有。"蒙塔尔说。

"小宝贝,"瓦舍曼说,"你还是搬到我那里去住吧。"

"你都已经跟我说过这事了,但我还是更喜欢这里。我都已经习惯大街上的生活了。还是能够占个上风才好。"

"我说这话可是很严肃的。"瓦舍曼说。

蒙塔尔关上了灯,祝他晚安。瓦舍曼没有回答。钟摆在黑暗中滴答滴答地摆动。它把你们带入到一种绕圆圈的奔跑中,根本就没办法摆脱它。蒙塔尔越是想忘记它,它就越是走得急促。到后来,他不得不用枕头蒙住自己的脑袋,但是,瓦舍曼的嗓音让他坐了起来。

"我有一个女儿,"他说,"她很想认识你。"

"我早就知道了,你是不会独自一人生活的。"残疾人说。

"我说的是我女儿!"瓦舍曼接着说,"她八岁了,我到她的寄宿学校去看她,我把我们重逢的消息告诉她了。"

"你总算说出来了!你结婚了吗?"

"没有。"

"那她总得有一个母亲吧?"

"是的,"瓦舍曼说,"走了已经有四年了。"

"跟谁走的?"蒙塔尔说。

瓦舍曼追踪着屏风的剪影,这剪影因百叶窗的栅片中透入的街道上的光亮而格外显眼。

"爱情当真是一个小道具的商店。都是一些可爱的小玩意,让人放在衣兜里细细地把玩,慢慢地,你就会把它们给忘掉,或者衣兜有漏洞,它们自己就……"

这时候,他听见大街上传来了一声猫叫,他便闭嘴不说了。

"将来会有那么一天,在集体中,男人们会站在一边,女人们则站在另一边。很显然,那是在毁灭之后。很少有人能幸存下来。他们之间要从一个窗户到另一个窗户来传递信息,通过灯火,通过鸽子,来宣布一个人或另一个人刚刚死去。寂静将随着每一次的生命消逝而变得高雅,直到触动那样的一种幸福,对这幸福,最后的人们将表示怀疑,因为并没有人将去经历它。"

"你是从哪里钓来这样的观点的?"蒙塔尔说,"我还以为你很幸福呢。"

"我现在依然幸福,"瓦舍曼说,"她叫作埃莱娜。"

他挺起身来,开亮了那盏铸铁的灯,从他的皮夹子里取出那张小姑娘的照片。

"她长得很高啊,"蒙塔尔问道,"她的眼睛跟你很像。她将来打算做什么呢?"

"做个兽医,"瓦舍曼说,"我已经在瑞士为她准备好了一切。今天,她只是一个住在修女中间的有爹无娘的孤儿,但是,所有的情况全都在这里了,地址啦,银行账户啦,全都在这张邮票的背后了。我选了一张最平常的,但它将是你收藏品中最漂亮的一张。"

他莞尔一笑,蒙塔尔在他这位朋友送给他的小小邮票的背面读到:H B G,1027。

"这是她的银行,"瓦舍曼说,"在伯尔尼,如同邮戳表示的那样。"

· 蜂鸟文丛 ·

*

在邮票市场的小通道上,蒙塔尔觉得自己身处遥远的异国他乡,就像是在一个挂满了迎风招展的长条店招幡子的中国港口一样。在每个庙宇一般的邮亭中,人们全都认识他,都以一些含义微妙的简单动作来接待他,给他递上放大镜和夹子,对他谈说一个新的神的诞生,而他满脸的严肃,则跟在布面壁板上微微颤抖的笑脸相迎的星座形成鲜明的对照。一笔买卖之后,蒙塔尔又戴上他的手套,准备推动他那轮椅的双重轮子,穿越人群。时不常地,会有一个面容和善的年轻男子走上前来,要跟他交换邮品。蒙塔尔瞥几眼邮票,敷衍了事地争论辩解几句,讨价还价几句,但从来就没有跟他做成功过生意,那都是因为蒙塔尔很迷信,实在无法忍受那年轻人一只眼睛里长的那个瞖状赘肉。他返回他包的出租车上,司机摆出一副老仆人才有的随意派头。尽管他只是在星期四上午才为他效劳跑一趟,但瞧他那个样子,似乎整整一个星期都没怎么离开过雇主。蒙塔尔曾有好几次在这个仙境一般的村里见到过瓦舍曼。他们彼此握一下手,观赏几眼邮票,然后瓦舍曼就拍几下他的肩膀,完了走人,但是他一脸警觉的神态总是让蒙塔尔很不满足,与其如此,他宁可不见他的面,尽管他们俩现在见面的机会也很少。他是在嫉妒他的外出吗?他是过来监视他的吗?正当他满脑子胡思乱想的时候,蒙塔尔已经被送到了一家叫"猪肉飘香"的店,那里,在三面满是酒瓶子的墙壁之间,店主叫卖他的热菜。他吃饱后在店里睡了整整一下午。正是在独自逛完大街回家后,他听到有人摁响了门铃。大街上,一缕阳光如同大海退潮一般微弱下来。蒙塔尔在他的轮椅中惊跳起来,如同集市上的摔跤手一样,用胳膊死撑着,过去开了门。那个眼睛里长了翳状赘肉的年轻人就站在门口。

"我是警察。"他直截了当地说。

蒙塔尔向后退去,另一位就势轻轻地关上了门。

"您收集邮票吧?"年轻人用一种很平静的语气问道,"我可以看一看吗?"

"当然可以。"蒙塔尔说,他想到了小埃莱娜,但随后又放下心来:谁又能知道伯尔尼那枚邮票中的秘密,为什么非得就是那一枚呢?

他打开了白木的餐具柜,那里整整齐齐地叠放着厚厚的两本集邮册。

"您的朋友瓦舍曼这段日子没有来您这里吧?"这一位问道。

"没有来。"蒙塔尔说。

那男人在桌子上打开了一本集邮册。

"情况我们都知道了,"他说,"您被监视已经有一年多时间了。瓦舍曼再次遇见您之前,在中央监狱坐了十年的牢。您被他瞧上了,成了他漂亮的挡箭牌,被他当枪使了。我原本想等到明天上午再来找您,给您带来最新的报纸,因为,最近几天的报纸都还没有刊登他的消息。一段时间以来,我们一直就没有放松对您朋友的监控,我们终于在他走出贴现银行门口的时候等到了他,就是在巴黎林荫大道上的那一家。不幸的是,他开了第一枪,我们不得不还击,当场击毙了他。"

"他死了?"蒙塔尔问道,有点儿喘不过气来。

"他女儿将不会比以前更不幸的。我们的头儿已经通知了女修道院的院长。至于您,想想办法,打打交道,您还是可以继续干您的草料生意的。"

有人摁响了门铃,警察跑去开了门,并为蒙塔尔介绍了来者。

"这位是警察分局的警长巴雍。"他说。

"别站起来了,坐着说吧,"新来者说,脸皮似乎很厚,"我来不为什么别的,只是想知道,瓦舍曼有没有在您这里留下过什么私人东西。显而易见,我们将把它们移交给他的女儿。"

"什么都没有留下,"蒙塔尔说,"什么都没有。"

"您当初是在前线认识他的,是吗?"

"是的。"蒙塔尔说。他停顿了一下,样子显得年轻了许多,目光游移,嗓音悦耳。

"那时候,他不可能见到我。我故意把自己弄得很脏。这是我表达我心中所思所想的方式。总攻的前一夜,他向我们要我们的鞋子,向我们连队的人,好一个炮声隆隆的夜晚啊,而就在大地舞动起来的那些时辰里,先生,他把所有那些鞋子全都擦了一通,还打了蜡,除了我的那一双。"

夜 读*

蜡烛熄灭了,波贝尔跑去打开门,门外是闪电交织的夜空。风儿翻卷,好似大车轮子轰隆隆地滚来。男人又返回到客厅的扶手椅中,捧起他刚才没读完的书,继续读下去,书的皮套封面还有些潮湿呢。又一记雷电响起,震撼了房屋,同时,一道闪电在窗户上突显出十字街头的那棵大树。波贝尔又走到门槛那边,只见黑影憧憧中,有一片区域黑得更厚重,更浓密。方才夜幕降临之后他阅

---

* 本篇《夜读》(*La lecture*)选自短篇小说集《车夫,挥鞭!》(*Fouette, cocher!* 1974,龚古尔短篇小说奖),这篇小说最早收在1969年的短篇集《阿尔米德花园》中,后又经删改,收在《车夫,挥鞭!》中。

读时,就有一些黑影在那里来来回回地移动,后来它们便不再动弹了,恰似他从词语的栅栏后追随着其确切位置的那些纹丝不动的囚徒,正是通过这样的形象,波贝尔发现,有两个身影穿越了公路,消失在了教堂附近。手中的书改变了重量。波贝尔把书扔在扶手椅中,出了门。他听到了一声叫喊,闪电突袭到村庄中的一点,男人便走向这一方向。有一阵子,墓地的围墙变得发绿,然后又变成一道红色的屏障,再后来,重又变成一条比天空的其余部分更加浓密的黑块。波贝尔进入到围墙中,向着后圆殿的方向走去,那里埋葬着村子里最老的死者。姓名已经模糊不清的墓碑和骨灰瓮以及石柱子相间排列,它们跟波贝尔因为电路故障而不得不借助蜡烛之光刚刚读完的故事出自同一年代。波贝尔又一次问自己,究竟是什么推动了他去嗅闻到他主人带有两层搁架的书柜,从中抽取出一本装帧朴素的书,从正中间翻开,开始入迷地读起它来,然后突然被一股浓烈的硫黄味道所震惊,又战战兢兢地翻回到故事的一开头,并连忙跑到扶手椅里头埋头读起来。

房屋的主人们早已回到他们的房间,波贝尔

独自在低矮的大厅中熬夜,根本就没想到把窗子关上,而夏日的夜幕正渐渐地降临,慢慢地抹却了公路、树林、教堂。他阅读的故事就发生在同一个村镇中,它讲述了两个名门望族决定联姻,给孩子举办订婚仪式。但他们并没有询问孩子们自己的意见,要知道,他们的心中实际上并没有什么爱意,跟罗密欧与朱丽叶之间轰轰烈烈的爱情截然相反。订婚典礼的那个晚上,父母亲鼓动他们前去散一会儿步,希望在这僻静单独的见面中,孩子们至少会彼此交换一个亲吻,既然这对小冤家拒绝在公开场合拥吻对方,好说歹说之下,两孩子总算出了门,往沼泽地方向走去,漫无目的地信步闲逛。

"他们可真是傻极了!"那姑娘说。

"不过,我们倒是有了个机会,"男孩子接口说,"您根本无法忍受我,反过来我也一样。"

"我是绝不会跟他们装模作样的,当然对您也不会。"

"那么请告诉我该怎么做!"

她还根本来不及回答什么,就见一个妩媚动人的尤物突然出现在眼前,被室内的灯光照亮,通体透明。

"只需要叫我的名字就成,"那身影说道,"高声叫喊或细声低语都行。"

"您叫什么名字?"两个年轻人齐声问道。

那朦胧氤氲的影子走到他们俩中间,搂住他们的腰身,在他们耳边轻声说起了悄悄话。

"您住在哪儿?"姑娘问道。

"教堂旁边。"

"您对我们说的可是实话?"小伙子又问了一句。

"那就试试吧,你们将看到结果,不过,从来就没有一个人喊过它第二遍,"这美妙的影子边说边走开去。

两个年轻人面面相觑,齐声叫出了那个奇妙的名字,不过,故事的作者并没有向人们披露,那名字是什么。

村镇中,来宾们正在大吃大喝,推杯换盏,觥筹交错,暗自庆幸那一对未婚夫妇迟迟未归,他们正巴不得如此呢。当那一帮子醉鬼酒足饭饱地往自家的角落里走的当儿,晨曦已然初现,东方曙光既明,挤奶人已经给母牛挤完了奶。到了中午,那对未婚夫妇始终迟迟未回归。于是,当天晚上,人们再次聚集在一起,互相探听消息。他们是不是去城里了,去巴黎了,去熟人家里了,去住旅馆了,去树林子里了?乡村警察当即召集了他那些偷猎者,偷猎者则接触了附近的那些樵夫、烧炭人、车夫。那对滑稽的年轻人始终杳无音信。既然人们对此全都束手无策,那么故事也就转向了对年轻人曾经生活于其中的风景和物品的专注。对于一个花盆,一把椅子,波贝尔感觉到比对失踪者的父母或母亲有更多的畏惧或者欲望。有那么好几次,故事的作者似乎都快要说出那名字了,但他的句子欲言又止,悬置在了半空。波贝尔以为自己已经猜到了,于是他立即提高了嗓音,以便确认并肯定,一个小时中至少有一次,总会有某个人谈到死亡,或者在梦境中看到了死亡,人们无谓地大声喊叫:"死神,我等着你,我希望你来到,我不害怕你,或者我恨你。"但没有任何召唤能让他从那掷骰子的游戏中摆脱出来。

一个星期之后,采沙场的一个职员肯定地说,他亲眼看到过两个年轻人走在沼泽地那边,于是,人们赶去把那里所有的池塘全都捞了一遍,结果连个鬼影子都没发现。未婚夫妇彻底失踪了,没有人见到他们回来过。

波贝尔合上了书,在心里寻找着那个令人迷醉的影子到底叫什么名字。他十分机械地一一列举了那些所爱的人,那些同学,那些认识的和忘却的女人,那些在报纸上、在小说中、在戏剧中遇识的女主人公的名字,那些有时候人们会在人群中听到的名字。没有任何幽灵出现。突然,波贝尔情不自禁地喊出了几个音节。

一声雷鸣炸响,让房屋中的电顿时消失无形。波贝尔重复了一遍他奇妙的召唤。雷电照亮了窗玻璃,吹灭了他刚刚点燃的蜡烛。他感觉自己正在站起来,被推向大门,被他应该丢弃的书本所背叛,被拉向那高高升起在死人墓地之上的闪电之森林。滚落到半圆形后殿的一长条光刃上出现了那个神奇的名字。字母由萤火虫所构成,它们那下垂的笔画有着蚂蚁纵队的那种颤抖,但是,那舞动不已并闪闪发亮的小小生物飞到了深深的石头缝中,消融在了翅膀的抖动声中。波贝尔的眼中只剩下了灰色的凸起笔画,而他的目光则把这凸笔带向重又变得平静而光滑的黑夜。他又返回到他主人的家中。回旋的风浇灌了客厅。波贝尔灭了灯,上楼去了卧室。翌日,在主人还没起床之前,他就早早地出了门,想趁着微露的曙光迫不及待地找到那个坟墓,想从里面挖掘出他再怎么想都想不起来的名字。他找到了一块没有镌刻铭文的石碑,倒塌在地,石头边沿上饰有一道浅槽,因成年累月的风吹日晒而多有磨损。这地方的宁静有一种汁液的甜美,树木上停栖着鸟儿,活像是装饰品。

夏 延 谷[*]

莫里斯·佛尔日睡在满是经过了加固的路易十五式家具的卧室中,因为他的床确实是那个时代的老物件,着实有些承受不起他这膀大腰圆的大块头,更何况他还是一副市井泼皮的打手模样。房间里,安乐椅和沙发也都用角铁和弓形铁片加了固,不过人们恐怕怎么也猜想不到,就连装饰用的雕花板和边框中也都安了铁架子,原来,这位身材魁梧的工业家的心灵中充满了幼稚的童真。莫里斯·佛尔日就跟他那些用旧了的大马力汽车一

---

[*] 本篇《夏延谷》(*Cheyenne Valley*)选自短篇小说集《车夫,挥鞭!》(*Fouette, cocher!* 1974,龚古尔短篇小说奖)。

样,行走起来悄无声息,灵巧得活像一条鲨鱼,身边总是簇拥着沉默寡言、从容不迫的用人,电话机的铃声如同嗡嗡飞舞的雄蜂,电梯的滑行恰似气泡浮动,地毯是又厚又软,双层门上覆盖着罩垫,女秘书们穿着芭蕾舞鞋,墙上挂有田园风光的油画,画中的池塘雾霭氤氲,书架上的图书都是精装本,切口的烫金有些剥落褪色,恰如在时光的胸膛上佩戴了一条条绶带,而绶带上的勋章早已被人遗忘。

"怎么样,先生,行吗?"司机问道,嗓音中充满了悔恨。

"行,费里西安。"

这就是说:已经十点钟了,我已经吃了我的牛角面包,读过了早上的报纸,我们要在十一点钟到办公室。这还意味着:您干得很棒,准时,整洁,没有一句废话。莫里斯·佛尔日穿上了他那件羊驼毛大衣,戴上了牛奶咖啡色的瓜皮圆帽,摘下了安放在大门附近一台"白日乐"①多用柜上的电话

---

① "白日乐"的原文为 Bonheur-du-jour;这是一种 18 世纪时发明的家具,尤其为妇女的书写而用。依据摆放的位置不同,可行使写字台、梳妆台等不同的功能。

· 车夫,挥鞭! ·

机,在键盘上现有的二十来个摁键上连连摁了好几个。接通了正在三楼卫生间里的他妻子。

"晚上见,我的宝贝。"说着,就出了门,走向豪华轿车带毛皮铺垫的车内。

"您怎么不开那小卧车呢,费里西安?您就不怕着凉吗?"

他根本就不听回答,两眼瞧着在车窗玻璃中转圈的草坪。就在他重复念叨他将在企业董事会上发表的那番讲话的当儿,汽车已经穿越了凡尔赛,然后是树林,最后,则是大楼的底层大厅,还有佛尔日股份有限公司的看门人,这位老兄活像一个在乡间度假的外交官,胡子剃得精光滑溜,站在几棵刺刺棱棱的仙人掌中间。

莫里斯·佛尔日走过他私人女秘书的办公室,说了声:

"早安,菲丽西娅。"

没等听到她的回答,他就已出溜一下进入了自己的巢穴,房间里挂满了柯罗①的作品,都是其

---

① 柯罗(1796—1875),法国画家,擅长风景画。他从意大利访学归来后画技大进,画风大改,故而他罗马时期之后的作品尤为世人所欣赏和珍藏。

罗马时期之后风格的绘画。他一脱下大衣,就得意地瞧了瞧一长溜排成了圆弧形的十来把椅子,接着就按下了通话器上二十个摁键之中的一个。菲丽西娅露面了。

"那些先生都在小客厅里呢。"她说,她的嗓音很像是方才的那个司机,崇敬之余,还带有一丝丝的畏惧。

"过五分钟,让他们进来。"

瞧着他在那里照镜子的架势,人们就会相信,国家的未来就全都取决于他眼睫毛的一下眨动,这不,镜子就安在一道双层门的内侧,门框上镶嵌着霓虹灯管,事情也确实是,哪怕只是从他嘴唇边上掉下的一个词,而且说出来时还始终是那般温柔,却能使国际市场上镍的牌价骤然暴跌,或者在法兰西国家最大高炉的滚滚铁水中滑进一份危险的杂质。

他走回他的办公桌,这件精美绝伦的家具,舒瓦瑟尔①当年曾在此舞笔写字,留下过墨水的印

---

① 舒瓦瑟尔(1719—1785),法国公爵,路易十五时代曾任外交大臣。

痕。他打开桌子尽头的那个圆柱体。那里头的搁架上放着一堆堆的药瓶和药盒,形成一个蔚为壮观的药房。莫里斯·佛尔日在两管药之间犹豫了一下,最后拿出一粒药片,就着所谓的报告人水瓶里的水服下,那个带有绞纹图案的瓶子,是这里唯一的装饰性家用器具,跟它配套的水晶杯子,镌刻有一帮子嬉戏闹腾的小爱神图案,一个个手持弓箭,排队追逐,令人回想起仪态万方的贵妇的不眠之夜。主人合上了带滑槽的盖子,副经理们鱼贯而入,走了进来,后面还跟着会计以及各部门的主管。

没有一丝声响能穿透微微发蓝的玻璃窗,只见窗子外有一棵树,树枝轻轻摇曳,所剩无几的叶片一张又一张地悠然飘落。一长溜树林的远景映现在相邻楼房的墙面上,而已经在那里东一处西一处地筑了巢的麻雀,则赋予了墙面一点点活跃的生气。

前来开会的成员中的一位,忘记了灭掉叼在嘴上的卷烟,正四下里寻找什么地方能掐灭烟头呢,因为老板不能容忍闻到一丝烟味。他不得不出门一小会儿,等他在过道中找到烟灰缸后再回来,时间已晚,误过了主人的开场白,只见老板的眼光变得冰冷,那眼睛在巨大的脸盘中变得越来越小。

"封格拉夫先生的报告令人沮丧,"他说道,他的嗓音没有人敢仿效,几乎是软乎乎的,恰似一个来到黑板前背诵课文的小学生,独自喃喃低语,句子当中随意断开停顿,"在菲尔米尼,我们离预定的 20000 吨还差得远呢。在普隆巴克,60000 吨勉强还有希望实现。维勒蒙的第三座高炉只有等到复活节才能开始运行。耽误了,耽误了,一误再误。其他的生意在以百分之三点五的增长率增长,但我们今天将只讨论缺点,跟上个月相比,还是同样那些。我等着听取你们的建议。一点钟时,我们散会。"

在原本的一片寂静中,人们听到录音机轻微的嗡嗡声响了起来。然后,封格拉夫发了言,再然后,他又把发言权让给了工程师图尔马兰,工程师之后,则是工会关系部主任,工会关系部的报告被会计科主任打断,会计科则得到了运输处副处长的支持,但是,当计算机部门的代表要求留给他一个多星期的时间,好跟机器对话时,几个信号灯开始在房间的四个角落里一闪一闪地亮起来。

"一点钟了,"莫里斯·佛尔日说,"我们一个星期后再见。"

他站起来,所有人都依照着他的样子站起来,但一点儿都没有这类会议结束后通常会有的那种嘻嘻哈哈。老板站在办公桌后,当年,舒瓦瑟尔就是在这张桌子上,曾经研究过从热那亚人手中买下科西嘉的事务,而眼下,老板挥了一下手,就让种种特别的热情冲动变得十分简单了。客厅里的人慢慢走空,他摁铃叫来女秘书。

"菲丽西娅,"他说,"我不知道菲丽西给我做早餐时用的鸡蛋是不是新鲜。我到现在都觉得胃里沉甸甸的。您有什么建议吗?"

他打开那个圆柱形的罩盖,探看那些特效药。

"一大杯水,不要再吃东西,躺下休息,您需不需要一本侦探小说呢?我下去到马丁那里找,他有整整的一书橱书呢。"

"是菲利克斯吗?"他重又问道。

"哦,对不起,是的,是菲利克斯。"

确实,那位看门人爱把他的书借给公司的人员读,为的是少感觉一点人与人之间的间隔,而可以东一点西一点地多探听到一些情况。他的名字叫马丁·格贝斯特,但是老板更喜欢叫他菲利克斯,对他身边的那些人,他更喜欢管他们叫菲丽西、菲利西安、菲丽西娅。菲丽西娅的原名叫朱丽叶特,菲利西安叫罗贝尔,而菲丽西则叫莱奥娜。整夜都在凡尔赛式的花园里转悠的那条狼狗叫菲力。

"不,"莫里斯·佛尔日说,"今天下午我不能睡觉。"

女秘书不再坚持。老板每星期都有一次头脑的痛苦和忧虑,它并不取决于一次工作会议,也不取决于他那些约会中的一种时间安排不当。

"梅丹小姐来过电话了。"菲丽西娅说。

"我明天再见她,"老板说,"把这话告诉她。"

那一位,莫里斯·佛尔日给她起了个外号叫菲罗娜①。她是一个金发女郎,有些时候能给他解解烦闷,更多的时候却尽给他增添烦恼,但他对此都已经习惯了。这个沙龙妓女,她梦想着撰写

---

① 原文为 Félone,跟"不忠诚的女人"(félonne)一词的词形极其相似。

· 车夫,挥鞭! ·

一部她四十年小偷小摸爱情的风流史,但她的笔头实在太涩拙,只配得上用无精打采的召唤,来给那些庆幸已经挣脱了她的利爪以及她那戏剧性的大叫大喊的情人们当头浇上一盆冷水。然而,莫里斯·佛尔日一旦离开她之后,就会琢磨到那样一种虚情假意的滋味,它给他的妻子,给满大街的单纯姑娘,给他自己的灵魂重新赋予了价值,总觉得自己的心灵这就摆脱了污垢,而重新找回了明媚的天空。他还感觉到一种好奇,希望能看到跟他一样在那张长沙发上躺下来的同道的一长溜名单:他在名单中发现了一些很著名的医生、文学家、律师、画家,他在心中问自己,这整个漂亮的小小世界是不是都没有体验到以挖掘他人的往昔为快感的那种狡猾形态,而这种甘与坏人为伍的低级趣味全在于,他们感觉到别人也已经堕落到了他们自己都为之羞耻的低档次:菲罗娜实在是管不住她的那张嘴。

电话铃响起,菲丽西娅一惊而起。

"又是她。"

"让她过来吧,您把她的支票给她好了。"

他愉快地填写了支票,把它递给女秘书,她重又看到她老板的脸变得冷漠遥远。他走出了办公室,无疑,他又要让司机把他送到一个地方下车,星形广场,或是协和广场,随便是哪里,并让司机在那里等他。菲利西安无法确切地告诉菲丽西娅,他的老板后来怎么样了,因为他下了车之后便大步流星地走掉了,如此大的块头,却健步如飞,三步并作两步地一走,就消失在了某条街的街角。他肯定有某种恶习,而人们竟然无法戳穿他。有一次,他返回到汽车中时一只手上缠了绷带,脸上也开了花,恰似被人用鞭子抽打过。而这一切,往往要用上半天的时间。莫里斯·佛尔日下了楼。

"去卢森堡公园。"他说。

到了公园的一个入口处,菲利西安为他打开了车门,老板穿越了一帮子带孩子的保姆,还有一群四下乱跑的小男孩,走进了公园。司机第一百次地想跟踪他,但他怎么也猜不透莫里斯·佛尔日的奇思妙想,生怕他一下子就折身返回来坐车,到时候找不到他又该如何呢?那样一来,他铁定就得丢掉饭碗。顷刻之间,那高高的身影便隐没在了人群和树丛中。他几点钟才能回来呢?再过五个小时,六个小时,兴许还要更长时间!真正是

· 车夫,挥鞭! ·

一种活受罪!莫里斯·佛尔日从公园另一侧出了门,钻进了一辆出租车。

"去夏延谷①。"

"什么?"

"朗布耶附近。"

"哦,他们为小家伙们发明的新玩意儿!"

"是的。"莫里斯·佛尔日说。

司机感觉顾客没有说话的欲望,便开足马力行驶。没用一个钟头,他就停在了夏延谷的栅栏前,莫里斯·佛尔日下车打发了司机。一个站在岗亭中的门卫给他开了门,此人身穿绵羊皮的袍子,头发上扎了一根布条,伸出两根手指头,比画出表示胜利的V字手势,向他致意。莫里斯·佛尔日以同样的手势回应他之后,就走上了小径,那里已经能闻到干草和湿柴烧的火的气味,再过去一点点,在林中的空地上,在溪流旁边的道路上,在一顶顶帐篷附近,一些骑马的人一番驰骋之后,

---

① 夏延人本是北美印第安人的一支。夏延(Cheyenne)是美国怀俄明州的首府,也是该州最大的城市,以及拉勒米县的县治所在。小说中,作者虚构的夏延谷乐园位于巴黎郊区朗布耶城堡附近,仿美洲印第安人生活场景的游乐园可以让游客重温当年印第安人的原始生活。

正在稍事休息,拿着桃木做的叉子,大口地吃着烤肉。

莫里斯·佛尔日走进了更衣室,更衣室的模样活像废弃不用的火车站,人们可以在有箭头表示方向的扇形指示牌上读到:华盛顿2500公里,墨西哥城2200公里,巴黎8000公里,他从衣帽间出来时,脚上已经换上了靴子,身上穿了一件用珍珠串织起来的布衣,脑袋上插了几根漂亮的羽毛,牙齿上咬着一柄玉米烟斗。他朝酒吧间走去,那里有三个跟他打扮得相似的印第安人,见到他之后就发出一声怪怪的尖叫。

"多普尔①!"他对酒吧侍应说,后者的发髻上装饰了一根长长的野雉尾羽。

他喝下一圆底杯烧酒,用粉笔在一片石头瓦上签下名字,从棚窝朝向马厩的后门走了出去。一个夏延人已经备好了马,并且在马鞍的箭袋中插好了羽箭。他把一张弓递给莫里斯·佛尔日,帮他把一只脚踏上马镫子。

于是,骏马就开始在一片昏暗中奔腾起来了,

---

① 原文为"Dopple",疑指一种印第安人的烈酒。

• 车夫,挥鞭! •

树丛之间几乎是昏黑的夜色,空地中燃着一团团烟火,由于没有风吹来,浓烟越积越厚,天空也因此而变得阴沉沉的。一声声单调的旋律从荆棘丛的深处传出,那里隐藏有一个高音喇叭网,而且从黄昏之后,有喇叭的地方还配以探灯的光照。莫里斯·佛尔日一来到这里,就遗憾地感到,自己没办法像上个月那样在这里过夜,那一次,他找了一个很好的借口,说是去伯明翰旅行,去拜访他的竞争对手兼朋友阿诺德·芬德莱。然而,无论如何,从现在起,直到他叫上一辆出租车往回转,他毕竟还是有时间把那些东西统统遗忘掉,他还真的遗忘了。

马儿在他的策动下,先是撒开四蹄狂奔一气,接着小步快走一阵,最后就停在了一条小溪边,低下脖子喝起水来。骑士如今昂首挺胸,他感觉自己仿佛君临天下,统领万物,就像是他床头柜上那个银制的糖果盒盖钮上雕刻的人像。必须抓住它,把它提落起来,并通过它来品尝大地的丰饶。突然,树丛中的音乐旋律停住了,让位于一个低沉的嗓音,这个人的声音让往东延伸的一大片乔木林显得越发神秘,而一轮苍白的太阳,色彩浅淡得像一片树皮,正朝着向西渐渐绵延的满是欧石楠的谷地缓缓坠沉。

"土狼颤抖了。诸位,请把你们的耳朵贴在战争小道上吧。回归到帐篷后,和平之杯将颁发给那个找到敌人所乘坐马匹的确切数目的人。小心了,土狼已经颤抖了。"

莫里斯·佛尔日从马背上飞身跃下,四脚着地地趴下,用手背清扫了一下地上的树叶后,便一只耳朵贴在地面上细听。有好几次,唱片录制的马群奔腾声掠过夏延谷百余公顷的大地,而莫里斯·佛尔日和其他追寻逝去的时光的竞争者试图分辨出,有多少匹神秘的马从那神秘的树林中猛冲出来,发出一阵雷鸣般的呼啸声,席卷茫茫的大地,直到消失在远方的寂静中,此时,近处只剩下本已准备去睡觉却被马蹄声惊扰的鸟儿们,还不时地啁啾几声,打破一下四周静谧的环境。他复又站起身,为了更好地聆听最后一遍表现神秘马队冲锋的录音声。大约有四十到四十五匹马吧?他又艰难地翻身上马,重新踏上绿色的跑道,前去的那一条道,通向由高贵的祖先们早年间修建的围墙内那些神圣的柱子,按照习惯,在五十步远的地方,他就得取出箭袋中的羽箭,一一射向那八根安置有靶子的高柱,有两个瘸腿的夏延人守住那柱子,负责捡取偏落的箭矢,其实他们是退休的农业工人。其中一人给了他三枚筹码,一枚红的,两枚绿的。

莫里斯·佛尔日情不自禁地咒骂起来:只有三支箭落到了硬纸盒上,却没有一枚黑色筹码,象征黑色靶心的荣耀!他向夏延人致以回礼,他们那谄媚的神色与黯淡的目光像是一记耳光,狠狠地打在表示胜利的 V 字形手势上,然后,他策动坐骑,重又出发,一溜小跑地骑行在一条宽阔的半圆形道路上,路边全是树丛,只见那些树干上都画了一个红色的圆圈,标志出回程的线路,这条路与好大的一大片玉米地相切,而莫里斯·佛尔日总是要在玉米地面前停下来,在这里,他要比在任何其他地方都更感受到天地之无垠,心底不由得生出一股浩然之气。他曾经遍游全球,穿越过撒哈拉沙漠,跨越过北极圈,但任何地方都不能与这一片长方形的玉米地媲美,尤其是在眼下这一季节,大地尽露出泥土的本色,玉米穗已经收摘,一行行的玉米秆已被机器碾得半碎。这佩戴着羽饰的男子犹如天神一般,眺望着眼前的作品,生命与死亡在此融为一体,但毫无范例可循,毫无特色可言。记忆早已消失殆尽,唯有一种一言难尽的当下感残存于心,一时间里,莫里斯·佛尔日觉得自己就是伟大的印第安酋长,是某种不可动摇的精神,没有任何东西能与之顶撞,没有任何一个总裁职位,没有任何一道他曾给出的和将会给出的命令能与之相比。如果说,有一只野鸽子受到高音喇叭中的战争呐喊的吓唬,刚刚在荒凉的田野上空迷惘地盘旋,那么,它看来仿佛是出自于他存在的最深处,并且给出了他看破红尘的心灵搏动的形象。通常,他座下的那匹马儿感觉不到骑手的大腿对它肚子的紧夹,会以为背上的人只是一个幽灵,就会厌倦于在原地等待,也就自己找路返回马厩去,而这时候,我们的这位大王也就重新找回了生命。莫里斯·佛尔日的脑袋被一截树枝鞭打了一下,便忙不迭地扶正了他额头上的羽饰,这一扶,可就扶出了一种沧桑感,他只觉得重新体验到迎面呼呼吹来的凉风,还有种种的记忆,包括他妻子和他情妇的形象,全都变得那么栩栩如生,他不由得联想到,这一下午,他妻子的脑子里说不定正转悠着一些嫉妒的或值得怜悯的想法呢,而算得上他半个情妇的梅丹或许还会以为,她最慷慨大方的情郎正过着一种双重的生活,一面与阿拉伯人周旋,一面与异装癖打交道,并在她那里的其他过客头脑中撒下一些赞赏的种子,而那种赞赏是他们从来都不敢向那位目光冷峻、健壮如铁、意志如钢的巨人老实承认的。在离马厩只有几步之遥的"三个世纪的野牛"的营地,征战凯旋的夏延人,正把他们的纸阄摆放到用来当作大酋长司令台的大酒桶上,而那位大酋长本不是别人,正是这个夏延谷的业主和主持人。莫里斯·佛尔日在纸阄中填写了四十三匹马,赢得了这一天的大奖:奖品为头一天猎获的一只野兔。全体人员共同举杯为他庆贺,而莫里斯·佛尔日则按照规矩,一步登上大酒桶,一手捂定了心口,向众人鞠躬行礼。

"愿和平与汝等同在。"他用他的小嗓门说道。

"亦与尔同在。"其他人齐声回答道。

如果说他们互相都有些认识,那他们也不会彼此认出来,理由很简单,一旦越过这里的屏障,他们也就将返回到城市的闹剧中,去重新扮演他们日常的角色。莫里斯·佛尔日高举起酒杯,为他们祝福,并紧紧地盯住他们的眼睛,他并没有从这些眼睛中看出,他们中有医院的外科医生,有哑女堡的汽车修理行老板,有封斋节的讲道者,有两位时尚摄影师,有刑事法庭的律师,有那位参议院议员兼市长兼中央菜市场的合资人,他只看出来一张张用彩色粉笔勾画出的布满皱纹的脸,有灵敏兔子,有谨慎鹰,有玫瑰红乌龟,有各种各样隐藏在人脸背后的狡诈野兽。他从篝火中叉起老大一块烤透了的灰面包,在那上面抹了一方熬猪油。

"三个世纪的野牛,"他说,"给我叫一辆出租车。"

他匆匆吞下面包片,向在场的人们行礼道别,众人依然还兴致勃勃,要继续蹲在篝火四周,即便天色已经越来越黑了。伴随着附近呦呦的马嘶声,稀里哗啦地洗了个淋浴之后,莫里斯·佛尔日换下了他的粗布衣装,恢复了他那穿着开司米衣衫的原来面目。他健步走向屏障处,在那里,他把一张五千法郎的钞票塞到最后一个夏延人的掌心中,而那位老兄曾经在于泽公爵夫人家中干过水管工。

出租车翻倒了计时器上的旗帜。

"去卢森堡公园!您愿意接受这只野兔吗?"

佛尔日把猎物放到前排的座位上,然后就闭上了眼睛。

菲利西安看到他出现在了人行道上,连忙为他拉开车门。

"多少时间了?"

"五个小时,先生。"

老板坐在一大堆兽皮上,在他的本子上记下:五个小时。他要给菲利西安付双份的钱,是专门工人的价码,到月末的那一天付,亲手交付。尽管用黑肥皂洗了淋浴,老板身上依然还在散发出一种混合了干草烟火和马厩的气味,那是某种野蛮而又柔软的东西,像是根深蒂固的恶习所留下的蛛丝马迹。

"接通梅丹夫人。"莫里斯·佛尔日说。

司机开始拨电话。

"不用了,"老板接着又说,"挂了吧,回家。"

又一次,他浮想联翩,那位高级交际花家的小客厅出现在了他眼前,它那玻璃的茶几,它那大幅的招贴画,它那带伸缩臂的落地灯,它那黑色的地毯,这一切在他的脑海中显出某种解剖室的模样。在时间之外如飞箭一般坚硬的一番奔驰之后,他现在需要重新找到人能做得最好的东西,来迎接慵懒不堪地蜷缩成一团只等着大洪水来临的现在:这东西不是别的,就是路易十五式的家具。

莫里斯·佛尔日回到了自己家中,脱下外衣,换上室内穿的睡衣袍,睡衣的皱褶与那安乐椅的曲线相映生辉,相得益彰。菲丽西给他端来了一杯清炖肉汤。他没有听到她走来的脚步声。夫人贵体小恙,留在了卧室中。她倒是敢说话。

"先生的气色好极了,"她叹了口气说,"我更希望每天都能看到您这样精神焕发。"

内室的电话响了。莫里斯·佛尔日摘下听筒,听到他妻子说:

"我是不是还没有问过你,你的梅丹身体怎么样了?"

"她很好。"他回答道,任由电话线在地毯上披散开来。

"你甚至连一点儿起码的羞耻心都没有了吗?连一下午都干了些什么也不想隐瞒吗?"妻子接着问道。

· 车夫,挥鞭! ·

"隐瞒什么呢?"他一面问道,一面就势倒在床上,只听得床吱呀地响了一声。

但对方已经挂上了电话,根本就不在乎他更多的回答;男人嘛,实在是没什么秘密可言。

景中一影^{*}

公共花园那边,一道黄杨木的篱笆框定了一条小径,从果园中穿过,一路走下停泊着一艘艘海船的海湾。整个白天期间,喷水池与砾石的橙黄色,树叶各种色泽的绿,大海的蓝色与灰色几乎不怎么变化,而到了夜晚,只要天色尚亮,这些轮廓就总会多少留下一星半点,毕竟景色是那么的清爽。月亮本身也会从底下烘托得它们更加鲜艳,尽显它们的本质,而当夜色只留下滨海林荫大道那一长串路灯之项链时,花园中的种种气味会稍

---

* 本篇《景中一影》(*Une ombre dans le paysage*)选自短篇小说集《流浪儿》(*L'Enfant de Bohème*, 1978,法兰西国际电台图书奖)。

· 车夫,挥鞭! ·

稍带着潮湿和苦涩,飘荡在方尖碑和喷水池之间,而在橙子树底下,则会有些许酸涩和隐伏,而在被一个个岛屿连成的堤坝扼住的大海上,就颇有些柔和了。正是在这样一个天堂般的地方,阿希尔·尼耶普和他的妻子过着退休的日子,住在他们的女儿那栋位于半山腰的房子里。要去购物,阿希尔就得经过花园的栅栏小道,走上半个小时,来到港口和商业街,但是往回走就得费上差不多一个小时,因为那就得上坡,更何况还要提着够吃整整一星期的食品。其余时间里,尼耶普想入非非,两眼望着大海。而他的妻子朱丽叶特,则一边喝着饮料,一边聆听摇滚乐手的歌唱。整天里,她都会把她的收音机开得很响,在一个个波段中寻找那些摇滚乐。这一对夫妇很奇怪自己竟然会在这里,阿希尔远不如朱丽叶特那样痛感故土难离,而朱丽叶特一起床之后就两眼迷茫,寻找着她古老的地平线,马尔富里,庇卡底地方的城镇,位于一片片甜菜田和小麦田的中央,教堂的钟楼也实在太高了,跟它狭窄的躯体根本不成比例——人们会说,这一冲天刺出的尖顶传达出了那种普遍性的窒息,还有一声长长的呐喊之后逃逸的欲望——但是,这只是对那些难以触及的心灵来说才算确切。

"大海总是给我撒尿的欲望。"她嗓音嘶哑地嘟囔着。

在她的身边,收音机在哗哗直叫:"我想要你,我就要你。"

阿希尔并不回答她,他在一边洗着滤咖啡用的网袜,一种真正的袜子,缝了又缝,补了又补,经历了它的第一千次煎熬。一天三次,你自己去计算好了:他们来到这海滨小城已经整整一年了。

"这一切,还不都是因为希尔薇娅娜向你提供了她的房子!"朱丽叶特说。

"希尔薇娅娜可是你的女儿,"阿希尔回答道,"是你答应她的。你从来都不肯留在原地,尽管你还有一条腿是木头假腿!"

"快别再提我的腿了!"朱丽叶特喃喃道。"它毕竟已经让你乐了个够。"

对话告终。今天就到此为止了,但除此之外,阿希尔还在犯一种痛风,在富矿泉水的石化作用底下的一种硬化。可以这样说,他是不再开口了。他真想做一块卵石,圆溜溜的,放置在门槛上。木头腿将打发他一直滚到港口的最后一条边沟上,那样才理想呢。码头边上,阿希尔将重新恢复患痛风病老人的形态,再往远走上几步,就能重新找到他结识的朋友们了,他可以跟他们一起玩牌,但他却没有权利邀请他们上山来。不过话又得说回来,他所希望的一切,无非也就是朱丽叶特能把他给忘在脑后,转而对他们中的某一位感兴趣。她的木头腿毕竟是那么地让人浮想联翩!

好奇怪的本性啊,这一天,还是一个疯狂的处女,而到了另一天,就忽然变成了一个乖女人,根本就不喊一声:当心,留神!

阿希尔也一样,他本该主持追思祷告和弥撒的,听听忏悔,作作告解,为人祝福,轮流看望病人,尤其是就差一口气的垂死者,他们在遗嘱中写明,临终时刻要入教。他有这方面的才华,他可不是个巫师。真可惜,他从军队复员后,只当了个教堂圣器室的管理人。看到今天的神甫们大言不惭地说他们愿意结婚,阿希尔心里暗想,原来他们的脑子里一直惦记着这个呢,他们好聪明啊,竟然把它埋藏在了心中,而在表面上则敷衍了事,对付得相当好。至于他,当然啦,他是不会经历这些困难的！为了减排他那太多的火热激情，他每星期五都去位于波瓦特文街的那个青楼。而且，每个星期，他并不总是跟随同一个女子一起上的楼，没有一个女人曾迷倒过他。而等在钱柜旁边的则是他中意的好女子，而这对于他就近乎于惩罚性的苦役。阿希尔已经辅佐了四任本堂神甫，六任堂区助理司铎。他本来会在钟楼的阴影下结束他的时日。这是一种很充实的生活，没什么困难，恰如很多人所希望的那样，有吃的有住的，丰衣足食，每日里按部就班，得过且过，但很高级，在一种很漂亮的哥特式艺术的范畴中，来摆弄刺绣的服饰和花边，金光灿灿的圣餐杯和圣体显供台，天鹅绒一般光滑柔软的雕像，温和动人的蜡烛台，比圣地的主人还更像是主人，钥匙和椅子的持有者，本堂神甫身边的文书和使者。一切全都经由他的手来过，所以，人们普遍地嫉妒他也就不足为奇了，终于有那么一天，最后那位神甫打算把他给换掉，由自己的一个侄子来代替。

"我的朋友，您已经六十五岁了，您有没有想过，现在该是您回家侍弄自己小花园的时候了？"

· 车夫,挥鞭! ·

"神甫先生,"阿希尔冷冷地回答说,"我的身体还非常棒,痛风当然留在了身上,但那是家传的,您的前任们总是夸奖我的服务。假如我需要前往主教府呈明我的情况的话,那我今天晚上就去,说不定主教大人还会侧耳倾听我的诉说呢。"

"我说这些可都是为了你好啊。"

"我好不好的,您就不用操什么心了。"阿希尔反唇相讥。

第二天,有一场婚礼要举办。阿希尔受到那番威胁的折磨,一晚上都没有睡好,在司祭中犯下了以往根本就不会犯的差错。一时间里,他把新婚夫妇的戒指放错了地方,把他刚刚接收了戒指的那个托盘往祭坛上重重地一搁。结婚戒指就骨碌碌地滑到了福音书桌子底下。这当然只是一个小小的意外,但是,主祭人忍不住还是低声抱怨了几句。

"记得我对您说过什么了吧,阿希尔。"

不公正是如此的明显,我们这位圣器室管理人在接下来的时辰中犯下了他的第二次错误。当他正在圣器室里查数募捐而得的钞票和硬币时,他看到他的手,他的右手,抓住了面额最大的那张票子,撩起了他那件只在重大场合才穿上的长袍,塞进他的裤子里,而不是简单地从边缝中悄悄塞进去了事。一种高级的力量如此向他显示出,这并非一次偷窃,而是一种反叛。阿希尔感到如此的震惊,一直到晚上都不敢碰一下那张钞票。他在镇子里东游西走,超现实的力量继续起着作用:阿希尔推开了大西班牙帝国咖啡馆的门。每一个面对着多米诺骨牌和啤酒的顾客全都惊讶万分。尼耶普老兄一脸的迷惘,人们可是从来就见不到他的面的,他来这里做什么呢?阿希尔点了一份刺柏子酒,一口喝干,一点儿乐趣都没有,然后,他就那么待了一会儿,面对着自己,自己在柜台上酒瓶子之间那面镜子中的映象。迄今为止始终平易流畅的日子,突然间显得很像打了孔的自动音乐盒纸板,断断续续地掉落在装乐谱的抽屉中,一边飘飘然地落下,一边还抽抽搭搭地说:"推啊推,推秋千。"阿希尔用烤了他一整天大腿的那张钞票付了账,喝下的酒则烧灼着他的内心,然后,他又等待了一会儿,一言不发。顾客们不再去注意他了。只有老板一个人在想,尼耶普是为音乐而进来的,那尖锐刺耳的断音音符激得苍蝇在烟雾腾腾的空气中乱飞乱舞;既然这位滑稽的教民目前的样子像是在聆听保留曲目"大叫大喊的女人"①的第五也即最后的一段。自动钢琴来了一段反复,然后终告结束,圣器室管理人出门后便前往火车站,那是仅剩的另一个在这深更半夜时分依然灯火辉煌的公共场所。

整整一个星期里,阿希尔总是在问自己,如何消除掉神甫的侮辱,在波瓦特文街的那栋房子里,他得出了答案,在那里,他坐在床边的椅子上开始哭泣,姑娘脸朝下地趴在床上正等着他。

"赶快来消遣消遣吧,"她说,"假如你还有一点点情感上的悔疚,那就采用这个姿势好了,这样一来你就看不到我的脸了,你就会相信我是另一个了。"

通常,阿希尔总是付两大卷硬币,这次付了三大卷,而且没有消费就走了,但是,那魔幻般的大屁股整夜里都陪伴着他,为他倾注光明。

---

① 原文为"Forte en gueule",是法国一个三幕十五场歌舞剧。

有过一次洗礼,几次日常的弥撒,每月一次的清洗烛台,然后,阿希尔去买了一份《法兰西猎手》①,想读一读里头的征婚启事。他没有见过任何一种会比一个女人更好的、更意外的东西,可以提供给敌人了。他会要求他的主人为他们的结合祝福,而另一位则根本再也无法反对他,因为阿希尔第一次感受到了他的弱点,他再怎么全身心地投入于一项使命也是无济于事,既然兴致头上的一句话就足以把您驱赶走。不幸的是,阿希尔在启事人为他提供的东西中,根本就看不到什么有意思的内容,总之,没有任何他会在乎的东西。年龄、信仰、职业、所居住城镇或地区,一项一项的,全都让他免于考虑,不作回答。难道他能跟一个年轻女子去巴黎生活,跟一个胡格诺派女教徒去中央高原,跟一个带有五个孩子的寡妇,跟一个想寻找一位老根老底的雅利安人的金发女打字员,跟一个会三门语言的大型音乐会的前女歌手一起过日子吗?

---

① 《法兰西猎手》是法国的一份杂志月刊,1885年创办,主要内容为狩猎、垂钓、家居整修。它尤其以征婚启事栏目而出名。

· 车夫,挥鞭! ·

他给第4806号启事人写了信,她有一个小女孩,有一笔很有希望得到的遗产。经过一番书信来往,阿希尔得知,这位朱丽叶特在集市上做个小买卖,她曾经遭遇过一次车祸,为此她领取了一份伤残抚恤金。当时,一辆开得飞快的卡车在一家肉铺的货摊前撞倒了她,害得她到现在走路时都有点跛行。到后来,她变得眼睛里根本就看不得肉,并开始改吃罐头鱼。当然啦,她会为遇识到一位历史古迹的守卫者而感到幸福的!

圣器室管理人阿希尔就是这样标榜自己的,通过连他自己都不知道的某个虚荣的花招,但是,自从神甫发出那番威胁——这一威胁尤其因为带有香脂油膏味而显得格外强烈——以来,阿希尔在自己身上发现了一种地窖和蜡烛的气味,这足以打消一个生活伴侣过来的勇气。因此,必须让她先来做一个自我介绍。先得见个面,然后,一切再听天由命吧。尼耶普把约会直接定在了教堂里,那是一个星期六下午,他确信,那辰光不会安排任何宗教仪式的。出于传统,教堂是一个能启迪信仰的地方。如商定的那样,他就站在唱诗台的台阶上,穿着他那件星期日才穿的漂亮上装,脸刮得干干净净,手里拿着一个小铃铛,以防某个陌生人会在这一时刻走过来参观教堂的中殿。期待中的那位亲爱者应该是不会弄错人的。随着那一刻越来越临近,阿希尔感觉他的决心在减弱,便去圣器室躲藏了小小的一会儿,然后又出来,隐藏在一根支柱后面,然后,一想到自己根本就没有犯下任何差错,却会被人替换掉,从这有六百多年长久历史的拱廊底下赶走,他就觉得脸上有一股热血在向上冲,只是在晚了十分钟之后,朱丽叶特才发现他站到了原本指定的台阶上。阿希尔看到她停在了门槛上,扶着敞开的大门,瞧她那样子,仿佛就在那一秒钟里,心里生出了一种后悔,想要拔腿逃跑。朱丽叶特刚刚换上了一身盛装,帽子上点缀了一只燕子,上衣翻领上别了一朵百合花,慢慢地向他走来。人们总是说,开枪的时候,火光闪现总是先于声响传来,但眼下,情景跟平常的物理学原理正好相反,阿希尔先听到了木头腿的声音,然后才看到她本人,但是,他已经走到了她跟前,朱丽叶特抓住了他的手。她这一抓住就不该再放开,直到婚礼之日。小姑娘希尔薇娅娜,只有十岁,在火车站的自助餐厅里等了整整一个下午之后,当天晚上就过来找他们,一起住在了教堂北侧耳堂边上的住所中。阿希尔幸福了整整三个星期,被朱丽叶特放到床头柜上的那条假腿所深深触动。在最初的一段时间里,他甚至想象,他是拯救者,是外科医生,是战争中一起经历枪林弹雨的战友。他想象,朱丽叶特在一次轰炸之后身受伤残,从一座熊熊燃烧的塔楼上被凌空扔下。她在那里,最终,蜷缩着身子,感谢以阿希尔·尼耶普本人形象出现的这个上帝,而阿希尔则如同上帝一般,一言不发。他就在那里。这便足矣。然后,朱丽叶特就忙着为神甫采买购物,前往广场另一侧的神甫住所,为他带去做好的美味菜肴。从此,阿希尔就确信,自己再也不会被人粗暴地撵走,或者被热情甜蜜地谢绝,反正,这两者的效果是一样的。

他继续着他那些甜蜜蜜和静悄悄的活儿,送小姑娘去上学,接她下学,他幸福而又惊讶地发现,自己的胃口刚刚得到了恢复,而饭桌上现在也增添了不少甜食。朱丽叶特负责募捐的事情,记录捐款箱中的数额。她的木头腿赋予了宗教仪式某一种速度,教民们似乎始终如一地熟悉它。

第一年过去了,晴朗而没有云彩,完美而无阴影。第二年则以朱丽叶特嗓音的一种抬高为标志,希尔薇娅娜回到了玫瑰经女子寄宿学校。第五年,封斋期的某天晚上,阿希尔晚祷回来,发现那条木头腿独自扔弃在住所的门口处,而他妻子却并不在房间里。阿希尔还来不及开始担心,朱丽叶特就出现在了楼梯口,一只脚单跳着,一只手牵拉着代作栏杆的绳子,从阁楼上下来了。

"你的腿!"他惊叫着。

"它就在你的眼前!"

"你从哪里过来的?"

"从阁楼上。"

朱丽叶特整理着她的假腿。

"时不时地,我感觉自己不再那么麻木了,"她说,"我就去把葱头晾一晾,去那上头。"

阿希尔看得清清楚楚,妻子的头发有一点点不同寻常的蓬乱,但他并没有想得太远。他们匆匆地吃过饭,接着就躺下睡觉了,因为朱丽叶特感觉有些疲劳。

阿希尔刚刚睡着后不久,就醒了过来。

"你没听到有什么动静吗?"

· 车夫,挥鞭! ·

"睡吧。"

"我敢发誓,肯定有人在楼上走动。"他说。

"那是我们干活干得太多了,你都有些疑神疑鬼了。"她喃喃道。

第六年,阿希尔养成了每星期二和星期五就相当晚才回家的习惯,那是赶集的日子,为的是不去妨碍朱丽叶特跟家禽商尧斯之间的生意,这尧斯是个长了一副娃娃脸的四十多岁的棕发男子,他的摊位正好就在教堂钟楼的底下。朱丽叶特为他提供一些鸽子,那是她从教堂钟塔上掏来的,那里已经变成了一个很大的鸽子棚。她用一些栅栏以及木棉箱子,做了一个鸽子饲养场。

阿希尔不再惊讶于他那十分丰盛的饭桌,那些贴了著名标签的瓶酒,朱丽叶特那越来越高的嗓门,还有她整天都开着、却从来就调不准、始终刺啦刺啦吵个不停的收音机。朱丽叶特会下厨房烹调鸡肉,但自己却只饱尝沙丁鱼,那是她的最爱。两个罐头,而不只是一个。第七年,尧斯不再偷偷摸摸地前来。每逢赶集日子的晚上,他堂而皇之地来跟夫妇俩共进晚餐。一天,他把他那已经在邮政局工作的儿子保尔介绍给了他们,他将有远大的前程,他严肃认真而又精打细算,每天读报,借口有心脏方面的缺陷而免除了服兵役。尧斯回忆自己妻子时流下了一把热泪,她已经跟着一个卖镜子的人跑掉了,当然也是出于内心的原因。这一切都已经很遥远了。只有未来才是重要的,未来有一双年轻姑娘的眼睛。希尔薇娅娜前来过复活节的假期。而到了圣灵降临节①,神甫祝福了希尔薇娅娜和保尔的婚姻。

阿希尔和朱丽叶特重又回到了三个人,但这只是短短的一个阶段。家禽商尧斯经历了另外一段爱情,在相邻的城镇,每星期三和星期六。为了快刀斩乱麻地跟朱丽叶特切断关系,他取消了马尔富里的集市的那一摊买卖。希尔薇娅娜跟又在土伦谋得了新职的丈夫保尔前来向父母亲告别。

阿希尔和朱丽叶特重又回到了两个人。第七年对圣器室管理人来说是一个幸福的年份,尽管饮食又重新变得差强人意。朱丽叶特喝酒也喝得稍稍多了些,但阿希尔并不拒绝给她一杯,因为那

---

① 圣灵降临节(Pentecote),基督教传统节日,为复活节之后的第七个星期日。

样她就会睡个好觉,就此醒酒。她甚至都再也没有心思考虑募捐的事,来关心穷人们和圣人们的捐款箱了。阿希尔甚至还去了两次波瓦特文街,更多地是为了重温一番往昔的旧情,而不是为了经历一段激动的时刻。

正是在下一个年头,生活又重新放射出光彩,它体现为一个人的形状,人们只能看到此人的一张嘴,就在一双小眼睛底下,在一把乌漆墨黑的大胡子中间。他有一辆小卡车,是做收破烂生意的。他拉响了圣器室管理人家里的门铃,朱丽叶特为他开了门。

"本人清理地窖和阁楼,"他说,带着一种浓重的中央高原口音,"我可以清走一切。"

"我这里什么都没有,"朱丽叶特说,她的木头假腿从她的绒布裙子①中露了出来。

"总归会有点儿什么的吧,"旧货商人说道,他被那条木头假腿吸引住了,"人们总是嚷嚷,说他们什么都没有。这就如同说到情感。不会没有

---

① 原文中有文字游戏:"木头假腿"和"绒布"的原文分别为"pilon"和"pilou",词形相似。

的,总归会有点儿什么的。我会把房间漂漂亮亮地留给城里人,我所感兴趣的,恰恰是别人都不愿意要的。您就别这么干站着啦。"

"为什么呢?"朱丽叶特说着,不禁哈哈大笑起来,"您是想要我躺下来吗?"

阿希尔在圣安东尼雕像的脚下清理蜡烛盘。一些跪着的身形一动不动地待在唱诗台的后面,在圣体台那红色的长明灯底下。他整理好了几百把椅子,清扫了中殿,用球状的毛掸子掸去祷告席上部的灰尘,更换圣水缸里的水,他第一次感觉到疲劳。他坐了一会儿,在圣安东尼的猪的肚子底下发现了一个蜘蛛网。他走过去把它给摘了。蜘蛛网在他的手指头底下扭动起来,显得又柔和又粗糙,这让他回想起一天晚上他带着一腔柔情给人穿上的长筒丝袜,那是在波瓦特文街。有一天,人们终于知道自己步入了老境,这就跟人们打开之后发现已经空空如也的一个大衣柜同样的显而易见,同样的匆匆来临。阿希尔返回到他的楼梯那边,郁郁寡欢。当年神甫的那一番威胁重又浮现在了他的头脑中,让他不禁露出了一丝笑脸。

"你刚刚还在跟人赌气呢,"朱丽叶特说,"突

• 车夫,挥鞭! •

然间,你又破涕为笑了。"

这一天恰恰是主显节①。

"你本来可以说得更好些。"阿希尔简单地说。

"我怎么闲扯的,就怎么说的。"朱丽叶特说。

"确实如此,"阿希尔注意到了,"但是我都发现了。"

"嚯,嚯!慢点儿吧!"朱丽叶特高声叫起来,"有的人对我说话时用的可是另外的一种语调。"

"对你个鬼大头啊。"阿希尔说。

"你给我见鬼去吧!"

她一巴掌扇将过去,让他重又挺身起来。

"你去哪里?"阿希尔说。

"要是有人问起来,你就说我自由了。"她丢下这么一句。

"天都晚了。"阿希尔还在说。

但是朱丽叶特已经下了楼梯,五下接两下,五下接两下。木头假腿和幸存好腿的节奏第一次钻

---

① 主显节(le jour des Epiphanies),基督教的传统节日,在每年的1月6日,以纪念及庆祝耶稣在降生为人后首次显露给外邦人(指从东方来拜耶稣的三贤士。)

进了他的脑壳里。他瞧着餐具柜上方耶稣显圣心的形象,这才发现他还从来没有祈祷过。他追寻着,但他白白地追寻了,他得一直追溯到童年时代,才能找到一种回忆方式,而这就像是一道依稀的玫瑰色微光,一种跟布满了苍蝇屎的图像中显现的那颗心同样色泽褪尽的玫瑰色。阿希尔来到窗前,瞧着一直通向矮墙的那条半月形的砾石小路,矮墙上带有栅栏,团团围定了教堂的内院。他一直走到那里,一点儿都没有想什么,甚至连半点的内心活动都没有,但是命运神却一劳永逸地让我们的机体追溯以往。阿希尔看到了朱丽叶特就等在那边,在广场的尽头,一长排老房子的脚下,房子的屋脊线构成了一长道闪电的形象,始终要比夜色还更加浓黑。一辆小卡车开来停到了她跟前,然后又开走。朱丽叶特已经不在那里了。唯有一丝厌倦,妨碍着这位圣器室管理人前去摁响神甫家的门铃,跟他说一声他要走了。床头柜上,朱丽叶特的大梳子插在一个大果酱瓶里,挺立起出一朵地狱之花的片片花瓣。阿希尔和衣躺倒在被子始终掀开的床上,开始浮想联翩。凭借着他的那些积蓄,他为什么就不隐退到乡下去过日子呢？轻微的园艺活儿会帮助他维持每个月月末收支方面的平衡,他再也不需要什么太多的。马尔富里地方数量不少的教民都曾对他说起过,他可以为他们提供一些小小的服务。兴许,他们都有些抱怨他当初娶了那么一个糟糕的女人。一想到这里,阿希尔不禁知悟到,面对着她,他自己也并非那么的纯洁无瑕。储蓄银行中的那些存款,他难道不是偷偷摸摸地存进去的,根本就没敢让她知道吗？在马尔富里了此一生,难道也会是可能的吗？浸泡了您回忆的地方变得难以呼吸了。他是不是应该生存在某块未开垦的处女地上,在那里默默无闻地生活,丝毫不带任何往昔的痕迹,既然人们也不想要任何的未来？极端的不幸导致了幸福的美梦。阿希尔心里想,不如到大海的边上去,兴许,去他从未见过的大海……

立即,大海就出现在了那里,带着它的船只,它的岛屿。阿希尔穿越了一片片果园,下到它的边上。他的背后,山岭上,有孩子们在一个被一片池塘围在中央的花园中游戏,池塘边有一些雕像,雕像人物手中的水罐微微倾斜,罐里的水则缓缓地流入池塘,正面有一个方尖碑,矗立在一大片冬青卫矛的中央。一片如此纯净的景色的存在,本属于最高级的奢华,恰如在一次巴黎之行中发现的方尖碑,一直都会是它的象征。阿希尔瞧着朱丽叶特留下的唯一一只没了形状的拖鞋,就在床的右边,椅子底下。他转身朝向另一边,但是,在插着梳子的果酱罐底下,一个庙会上买的便宜粉盒为他展现出了一个表面如鱼鳞般剥落的小爱神,正低下脸来,吹响一柄小号。他已经被拭擦掉了一个翅膀。大海无限地退去,带走了它那满载了橙子的舟船。午夜的钟声在教堂的钟楼上响起。有多少年了,阿希尔一直就再没有听到过这嘶哑的钟声,也没有听到过节庆的排钟,更没有听到过远去的心灵的巨钟。突然,刺激他神经的节奏又在楼梯口响起,五下接两下,五下接两下,房门打开了。

"你来了。"阿希尔说。

"正是本人。"朱丽叶特回答道。

她脱下外套,摘下假腿,丢在小地毯上,钻到了床单底下。

"你怎么还穿着衣服?"她说,"你在等我吗?什么都别问我。我在梦想我们的未来。"

· 车夫,挥鞭! ·

"我也是。"阿希尔说。

"为了未来,就得发奋努力,"她说,"那可不是能在被子底下找到的一个汤婆子。"

阿希尔从床上起来,脱下衣服,仔细地叠放好他的衣服,他的袜子。他越来越感到迷惘,他想,他就将跟魔鬼同枕共眠了。

第二天,当阿希尔前去协助副本堂神甫做完第一次弥撒后,他按习惯上楼来喝咖啡,结果撞上了邮差。

"有我的信吗?"他问道。

"一张卡片,很漂亮,好家伙!瞧瞧吧,阿希尔。"

邮差递过来一张明信片,欣赏地瞧了一眼。阿希尔脸色变得一片苍白。

"极乐福地①!"邮差接着说,"大海,航船,果园,高处的喷泉。它来自你的养女。她亲吻你,你在颤抖吗?"

阿希尔接过明信片,那景色恰恰正是他梦中

---

① 原文为"Cocagne",指的是西方某种传说中想象的人间天堂。

见到过的,丝毫不差的同一个,蜜糖仙女的水缓缓地流到盛水盆里,长满了冬青卫矛的小路垂直下降,落到满是果树的平地上,浅蓝色的大海就在边上,并不是凹陷下去的,而是悬挂在所有可能的绿色植物之上。

"好一个漂亮的地方啊,"邮差说,"那可不是给我们的!我们可永远都不会见到这样的地方!"

"我见过。"阿希尔神秘地说道。

"你见过?!"

"还很好闻。"圣器室管理人补充了一句。

邮差放了一个屁,以庇卡底人的方式。

"那这一个呢?"

阿希尔情不自禁地笑了起来,另一个则止不住地哈哈大笑。在这里,他毕竟有的是好朋友。他们彼此握了握手,然后告别。阿希尔前去把这张明信片拿给朱丽叶特看,他们一起用图钉把它钉在了耶稣显圣心像的旁边。

自从让他惊讶不已的这一刻起,阿希尔对他的工作重又有了兴趣。他甚至觉得自己年轻了不少。餐桌上重又摆上了带标签的好酒。朱丽叶特也不那么易怒好埋怨了。大胡子男人来过一次,然后来了第二次,一起吃了饭,然后就一来再来,成了习惯。他每次来都带上一份礼物:一串肉肠,一小瓶烧酒。他说得很少,但会悄悄地告知朱丽叶特几个数字。千克数啦,百克数啦,人们又回头说起种种客套话。某个男人像一条狗那样被埋葬了,人们能够相信吗?另外有一个女人结婚了,穿上了婚纱,排场那叫一个大呀,有六个伴郎,都是她早先的情人。神甫将要再一次调动。小廊道那家书店的女人生了一对双胞胎。人们只给一个孩子行了洗礼。当母亲的是天主教徒,而父亲则什么信仰都没有,但他们分享了一切,并尊重着对方的观点。大胡子男人用他自己带来的刀吃饭,吃完奶酪后又把刀子折叠起来,然后挂在他表链子的小环上。他来还是大约两个月之前的事了。那天晚上,他第一次向尼耶普伸出了手。

"我要离开这地方了,"他说,"祝您好运。人们总该有朝一日离开朋友的。这是保存友谊的好方法。"

他亲吻了早已是泪眼婆娑的朱丽叶特,并且以一种普通人根本难以觉察到的微妙方式,往她的假腿上踢了一脚。她差点儿跌倒,幸亏阿希尔扶住了她,最终证明了对这样一种波西米亚人的宽宏大量。

到了周末,纪念第22团老兵的活动仪式之后,留在大祭坛的蜡烛台上剪烛花的阿希尔发现,神甫正在跟一些先生热烈地交谈。上个月,他就已经发现了那些先生,但当时他把他们当作了旅游观光者。

星期日下午,本堂神甫的管家夏布利昂热小姐前来找尼耶普。朱丽叶特正在收音机里听一段流行音乐,音量达到了80分贝以上,根本就没有听到敲门声,也没有从她手中的毛线活中抬起头来。

"好吧,"神甫说,"我的圣器室管理人会给你们一个解释的。只有他拿着大门和钟楼的钥匙。这是一个比我更熟悉教堂的人。尼耶普夫人,他的妻子,是个残疾人,以前管理着教堂的募捐箱。我前任在的那段时期,如同我已经向你们提到过的那样,她因为饲养和售卖我们钟楼上的鸽子,而成了种种斥责的对象,但是,说到底,所有这一切跟你们反映的情况相比,还算是很轻微的小事故。"

"我们证实,"一个看不太出年龄的瘦瘦的男人说,"屋顶上丢失了大约三十吨的铅皮。我们面对着一个存在已久的走私团伙。至于五年来本该早就修复的管风琴……"

"我们教堂里有的,是一台簧风琴。"神甫打断他说。

"……有一半的风管丢失了。"

"至于喷水口上青铜制作的海豚,"另一人继续说,"有九十个海豚去向不明,游向了大海。"

"这您该怎么说呢,阿希尔?"神甫问道,完全是一种恳求的口气。

"什么都没得说,"他回答道,"我没有看见。"

他的神态岂止是一副真诚的样子,简直就不能再真诚了。前来问询的权威人士站了起来,当即决定前去看视圣器室管理人的住所,包括地窖和阁楼。在楼梯底下,震耳欲聋的"只是个婴儿"[①]迎接了他们。朱丽叶特并没有调低她收音机的音量,历史古迹部门的一位调查者不得不不断

---

① 原文为英语"Just one Baby"。

然出手,截断了副歌。高个子女子萨拉·马霍尼攻打了"孤独但真诚"①。她比朱丽叶特还要惊讶,但也更为平静,必须寻找得很远才能遇到她。众人连珠炮一般朝她发去的问题,丝毫没有扰乱她凝定于墙上的目光。那些先生见此,也一个接一个地盯上了似乎十分吸引她的那一点,而朱丽叶特甚至还以一种只有在无辜者身上才能看到的动作,前去擦掉了圣心图案小方块中的苍蝇屎。阿希尔也显得心不在焉,但一段时间以来他感觉到自己有罪。最近的过去敞开了它的那些大门。一切变得清楚了。由黑色大胡子扔到饭桌上的千克数和百克数堆积起来,一直达到了三十吨。阿希尔,纹丝不动,却大踏步地走向了真相。表链上带着刀子的波西米亚人走进了他的心中,占据了心里头的整个位子,把他变成了小偷、赃物窝主、撒谎者和嫌疑人。不管他愿意不愿意,朱丽叶特都是他的同谋者。谁又会诱骗她呢,她?因此,必须保持沉默。

"夜里头,你们就从来都没有听到过什么响

---

① 原文为英语"Alone but sincerely"。

动吗?"人们问道。

"阿希尔睡着了后就像个孩童,"朱丽叶特打断他们说,"睡得跟铅皮一样沉。"

"铅皮,"那个瘦子强调道,"那么您呢,夫人?"

"我也一样,除了我的腿有时候似乎还会生长,一个月一回。月满的时刻。而在满月明光中,我没有看到有小偷在屋顶上跑。要是有人在跑,我是会听到的。"

于是,调查去别处继续了,但是主教府这一回当真请尼耶普夫妇退休了。人们会付给阿希尔一笔小小的年金,但人们几乎可以确定,通过追踪尼耶普夫妇,人们最终就将抓住那个得到了他们保护或不如说是帮助的小团体。公正常常会跟偶然性争执不休,偶然性若不是会送给公正一碗菜汤,就是会夺走它一道菜。而这一回,命运妨碍了它。希尔薇娅娜的丈夫刚刚被调往敦刻尔克。保尔提升了,希尔薇娅娜写信给她母亲说,她准备把她丈夫以二十年分期付款方式买下的那座小楼提供给她母亲住。

他们就像是两个孩子,在最后扣上旅行箱以

及两个铁皮箱扣子的那天早上,在第一阵激动中,发现了他们一直彼此隐瞒着的本性,一时间里,阿希尔和朱丽叶特情不自禁地面面相觑,觉得比以往任何时候都更亲密无间。他们瞧了瞧窗口,就仿佛窗外有什么人能够看到他们。

"我取出了这个。"阿希尔说,指着他曾经存了大半辈子的那笔钱。

"而我,除了我的抚恤金,我还带来了这个。"朱丽叶特说着,打开了一个小木头盒子,就是寄宿生们常常放在蜡烛台上的那种小盒子。

阿希尔面对着厚厚的一卷卷钞票,脸红了。波西米亚人的影子穿过了整个房间,如其悠悠然来到一般,悠悠然地出去了,正好在这时,朱丽叶特盖上了小盒子盖,还拧了一圈钥匙,上了锁。朱丽叶特叫来了那位家禽商,把他们送到了火车站。他满口谈的只是他儿子,保尔东呀保尔西的,一副前程远大的派头,一向来他总是那么说,但是他只字不提希尔薇娅娜,这就让朱丽叶特的心里老大的不痛快。

"我们从来就不怎么替她操心。"在火车上,她不止一次地嘟囔着。

· 车夫,挥鞭! ·

一时间里,阿希尔不免想入非非,以为向着天堂的逃逸,兴许会让这个暴躁易怒、心血来潮的女人平静下来,他曾看到过其图像的这一天堂,现在正带着它那神圣的色彩,马上就要真的出现了。

"我,我会给她写信的,"阿希尔说,"我会把你的消息告诉她的。"

"你,一个在教堂里管圣器的!"朱丽叶特高声嚷道,"竟然会拿着一杆羽毛笔!"

当他们赶着夜色,来到希尔薇娅娜的那栋小楼前时,海面上冉冉升起的一轮明月深深感动了阿希尔,而以往祝圣仪式中的一个圣体饼也从来没能让他这样激动过。他待在那里,一动都不能动,而朱丽叶特则已经打开了她的收音机,在一首比根舞曲①和一段被她马上就切断的两步舞曲②之间,终于找到了一段摇滚乐,真是感谢上帝啊,她尖声尖气地叫起他来。

"管圣器的,快过来帮我一把!"

---

① 原文为"biguine",是一种源自南美加勒比地区的传统舞曲,节奏由慢而快。
② 原文为"paso doble",是一类热情奔放的拉丁舞,其中最著名的就是斗牛舞。

"我在看海呢!"

"这让我生出一条漂亮的腿!这兴许就是退休生活,但我们来分享它吧。"

"无论是好还是坏。"阿希尔说道,嗓音中透出一种固执。

啊,这是当然啦,朱丽叶特能够抓到一切,鸽子、屋顶、男人、酒瓶,但是大海,她抓不到!

朱丽叶特再也不愿意动弹了,她喝酒。一天,他问她中午他们吃什么。

"自己看去。"她大声嚷嚷道。

阿希尔转到了厨房里。木头腿出了烤炉。然而,生活总是放飞它的鸽群在果园之上,公共花园的水池生出姑娘的欢声笑语,船儿在美人鱼的忧伤中荡波远去,孩子们总是过来朝小楼的窗户扔石子,但是朱丽叶特为什么要锯掉果树的树枝呢,难道只是因为它们翻过了墙头,探往了山岭,并向那些孩子伸出了果实吗?上帝,好一个坏女人啊!阿希尔再一次走下了港口。他将提着能吃一星期的东西返回上山,新鲜的鱼是给他的,沙丁鱼罐头是他妻子要买的。在攀爬黄杨木小路的时候,阿希尔在一块燧石上滑了一跤,磕破了膝盖。他费了老大的劲,才终于站了起来。倒霉的关节。

"你最终会像我一样,"朱丽叶特说,这就算是她的安慰话了,"死得像一只苍鹭①"。

但是,阿希尔的伤口随随便便地就收了口。

"我倒是在想,"朱丽叶特说,"我们在这里都做了什么,当人们在自己家里时,应该不会像在我们家里这样,到处都不自在,到处都是那些香味,熏得我脑袋都疼!"

"橙子树,薰衣草,迷迭香,勿忘我,玫瑰花。"阿希尔一一数落着,带着一种狡黠的快乐。

于是,朱丽叶特又提高了摇滚乐的音量,糟蹋了一片风景,直到地平线那边。

"该来的一定会来的。"阿希尔说道。

"留着你的那些奥秘吧,"朱丽叶特大声嚷嚷道,"你生来就是当神甫的料,这话还是说得轻了。那些糟蹋了自己生活的人,也会糟蹋别人的生活。"

朱丽叶特现在每天都要喝六升葡萄酒,越来

---

① 这里有文字游戏,在法语中,"苍鹭"和"英雄"分别为"héron"和"héros",词形相似,这句话让人感觉是在嘲讽,说对方不会"死得像一个英雄"。

越抱怨胃疼，不舒服。阿希尔去找了一个医生，找了一些蔬菜和奶酪。朱丽叶特犯了一次溃疡，这是确定无疑的，但她却拒绝去透视拍片子。她只接受一个疗程的注射，针药中的主要成分为铁元素，每天早上，一个女护士前来给她打针。一连打了二十天。

"先生，"那女护士说，"请告诉您的太太，让她讲点儿道理。她这样下去会死掉的。可以说，她这是在自寻死路。"

朱丽叶特一拧收音机的转钮，就用"慢慢地吻我"①盖住了女护士的嗓音，一个低能儿破口大骂一般唱出的歌，居然成了当季最流行的金曲了。

"假如您再这样继续下去，我就不再来了。"

"那您就别再来了，"阿希尔简单地说，"请您原谅她。"

当天晚上，他写了一封信，然后下山去到火车站把它寄走。这一趟让他走了整整两个小时，但阿希尔感觉不到一丝的疲惫。天刚蒙蒙亮，他就刮了脸，把两件衬衫、几双袜子、他的布鞋、刮胡刀

---

① 原文为英语和德语的混合"Kiss me langsam"。

放进赶集用的草提包。正在这一大早的时刻,女护士又上门来了。

"我已经对您说过,您就不用再来了,"阿希尔说,"她再也不需要打针了。我把她杀了。您可不可以用车子捎我一段,送我到警察局去呢?"

在敦刻尔克,希尔薇娅娜拆开了阿希尔的来信。信写得很短:

"等你们过来的时候,我已经杀了你的母亲。"接下来,信纸上是一大片空白,在最下方,是他后来才补写的,笔迹更为坚定有力,"已经做了。"

在被囚禁的牢房中,阿希尔看到了同一片景色,但却是反方向的:大海,货轮冒烟的烟囱,果园,花园,山岭上的房屋,就在方尖碑的后面。

他瞧了四十二天景色,然后,他的心脏停止了跳动,器官自然衰竭。

肖　像[*]

"那是自然,"爱丽丝·法尼西说,"就像所有出生于十一月份的女人,我喜欢猫。我每见到一只猫,都会情不自禁地过去挠挠它的胸脯。它们也感觉到了这一点,我们配合得很好。兴许,前几百年里我就曾经是一只母猫。说不定,有朝一日,我还会重新投胎,生而为一只母猫呢。"

"那假如你投胎生为一只公猫呢?"

"为什么不呢? 说到性别,是公的还是母的,根本就不要紧,这您知道! 只有我们人才给予它

---

[*] 本篇《肖像》(*Le portrait*)选自短篇小说集《流浪儿》(*L' Enfant de Bohème*, 1978,法兰西国际电台图书奖)。

们一种如此的重要性,我的意思是,只有我们人才在公猫母猫之间看出来一种天大的区别。"

"都是一回事。"吉尔·梅耶说。

一只华贵的暹罗母猫和一只外省猫正在一块垫子上睡觉,爪子互相混搭在一起。爱丽丝往玻璃杯里倒上茶,杯子没洗过,杯口上还有她的嘴唇留下的仙客来色的口红印,但是吉尔早就习以为常了。

"我们来瞧瞧您最后的那些油画;我想赶在夜晚之前回巴黎。"他说,这样一来就可以追随他那天生的腼腆,可以再一次绕开他的决定,而不是马上向爱丽丝表白,他有多么的爱她。

他们走出了房子,猫儿们跟在后面,这是位于两座山岭之间的一个旧磨坊;他们穿过了小溪上的小桥,走过花园,走进了画坊。一片翻过的田地呈四十五度斜角向山坡上延伸,从海湾一直到半天高。十月份的梨树在屋脊上与一面墙上的起绒草交织纠缠在了一起。光线中有一种流水般的清爽。在两张大理石桌子上,堆着一些干涸了的颜料,紧紧地巴在画板上,像是从一片梦境中揪出来的一团团云彩。一个水龙头在一块大石板上滴滴答答地漏着水,排水孔像是在吹笛子,发出一种猫头鹰的叫声。一些翻转过来的画布框覆盖了整整一面墙,插在高高的瓦罐中的无数画笔活像是昂首绽放出的一束束花。

四下里一片静谧,空气中有那么一丝干燥,在这些白色的墙上,艺术家钉上了一些明信片。吉尔·梅耶认出了他上个月刚刚从墨西哥寄来的那一张。

"瞧这个。"爱丽丝说,把一幅画放到了画架上。

"令人激动。"梅耶说。

"因为它还没有完成。"爱丽丝说。

"不要再碰它了!"梅耶叫了起来,"这团蓝颜色在两块白色中间叫嚷呢,这就够了。"

"我把它叫作回忆,"爱丽丝说,"我实在不知道说什么好了,但这是一种回忆。"

"就像人们都是自己父母亲的回忆一样,"梅耶说,很受刺激,"这幅画是别的画的女儿。我说不好这算不算一种进步,但是,爱丽丝,每一次,您都让我越来越吃惊。您的孩子们也有孩子了。"

"那这一幅呢?"她说,把另外一幅油画摆到了画架的长腿上,"我要把它放大到跟这堵墙一样大。"

三大块光洁平滑的不同的黑色块遮挡在一块紫色调的背景前。

"星星,"爱丽丝说,"我会对您说,这是皇后的一份礼物。不是吗,您?"

她抓住了那只开始打起哈欠来的暹罗母猫,然后又接着说:

"那天晚上,我四处寻找它。它原来坐在窗户的支架上,望着夜空。它转身朝我瞧了一眼,然后又继续它的远眺。剩下来的事情就简单了,我只需要把它所看到的转达出来就行。只不过,我必须重新把这一幅习作放大,我亲爱的吉尔。黑夜的一小段,就是黑夜的全部,您会这样对我说的。我求求您了,把它留给我吧,您还是去瞧瞧接下来的早上吧。"

她打算竖起另外一幅油画,巨幅的。

"帮我一把。"她说。

这一幅有六平方米大小,干净、纯洁,在画的中心,生出五颜六色的混沌一团,其红艳艳的醋栗色光芒呈扇形放射出来。

"把它带走吧,"爱丽丝说,"您是开着小卡车来的吧?"

梅耶心中喜出望外,他同意了推迟出发。

"您的烹调技艺那么好,吉尔,而我却那么糟糕。我们一起吃一份摊鸡蛋吧,那可是您的拿手好戏,有什么诀窍吧。"

"这里的诀窍全在于鸡蛋,"梅耶简单地说,"诀窍就是我对鸡蛋那份深深的爱。您是不是还有别的诀窍,即便是对您来说?"

"饥饿,"她说,"我已经有三天没吃饭了,都是因为那些画报、电视、广播,以及报纸。我只读了关于癌症、强盗、犹太人、世纪儿、心脏病……的报告,总之,是世界的微笑。做它一份够四个人吃的摊鸡蛋,我们来跟皇后以及高老头一起分享。给我讲一些什么吧。墨西哥现在怎么样?我看它是绿色底下越来越黄了。您知道,梅耶,您可以宣告我的下一阶段了。我离开了焦虑,我那些强大的不安机器,我的内心饱受折磨。别了!来瞧一瞧这块面包:生命就在这里,在桌子上的这个人里头,有着整整的一门哲学。快去宣扬吧,我发现了静物,通过这一白痴般的术语,法国人想指的是在

· 车夫,挥鞭! ·

他眼中最为相反的东西:这样一种带有长久而又紧张的内心旋转的沉思着的平静。我饿了,梅耶。噢,不要马上就打碎这个蛋!把它给我吧。"

爱丽丝·法尼西抓住鸡蛋的两头,捏在大拇指和食指之间,跪了下来。

"您知不知道有更简单的办法,纯粹而又漂亮,而且丝毫不谈及内中的快乐?让我们保留着它们的外表,您愿意吗?"

她从她的胸衣中拔下一枚别针,在鸡蛋的上端和下端各扎了一个小孔,吮吸着就吃了。这之后,她把另外四个鸡蛋在灶台边沿上磕了,一一打进了锅里。

"没有黄油,没有火,也不把鸡蛋打花了?您在想什么呢?"吉尔问道。他不得不把一切重新来过一遍,他们坐在两个软墩上吃了饭。

"此外,"爱丽丝说,砸碎了一个核桃给高老头吃,"是不是年龄的关系?我倾向于内部的简单化。我要把黄金和宝石都赶到外面去。"

"这就是说?"

"我的一切梦想、欲望、信仰、希望,我统统地清除掉!我要用扫帚和画笔刷子,把它们全都推出门外,而从此我再也不是什么别的,只是一个涂了石灰的赤裸裸的立方体,它再也不是我灵魂的居所,它就是我的灵魂本身,而这一牢房的外墙,我要自己来画它们。再也没有任何人能走进我内心,这您能明白吗?每个人都停在门口,观望,需要的话还会欣赏一下,然后就向后转。迄今为止,人们钻进了我的画,人们在里面,在背后寻找,人们不再停顿地强暴我,寻找我的意愿,破解我的信息。梅耶,我有一个满是信息的脑袋吗?我痛苦,这是当然的,必须让这些在绘画中看得出来,但是从此之后,我将得到平静,但它的样子对大多数人来说就不那么有意思了,因为他们并没有力量坚定地维持住自身。说真的,我是不是真的有一个如此复杂的脑袋?"

她站起身,连续来到客厅中好几面镜子面前,那些镜子处在不同高度上,分别镶嵌在鳞片、木头、珍珠、青铜中间,装点了客厅,她照着镜子,觉得自己很漂亮。

"您确实如此。"梅耶说。

"而这就够了,"爱丽丝接着说,"当我看到一个漂亮男人,一张匀称的脸蛋时,我就盯着他瞧。

· 车夫,挥鞭! ·

人们会弄错,人们只要一眨眼睛,一切就都错过了,我就走了,而我根本就不求别的,只求能够沉思和观望。"

"在这种情况下,"梅耶说,"我呢,我这个那么丑的人,您怎么就从来都不愿意走得更远一点,闭上眼睛,用您的双手抱住我,在您的心中挖掘我?我还得叹息更长时间吗?"

"生意嘛,仅仅只是生意,"爱丽丝说,"这恰恰就好比我卖给您的是小扁豆。二百克,这就很多了,谢谢,再见。可惜啊,您是一个撒谎者,让您感兴趣的并不是我的绘画,尽管是它们在让您活下去,让您感兴趣的是我!您不是要在天黑之前赶回去吗?这不是您来到我这里时说的第一句话吗?当我从您的搂抱中脱出身来时,当我在床头柜上拿起支票时,我会是一副什么样子呢?此外,这个月,我还真的需要在数目上有一个小小的提高呢。"

"亲爱的爱丽丝,"梅耶说,"这可是说好了的。"

"而在您小写字台上的贝宁偶像,您可总是应该送给我的。让我们开好支票,下个星期,您就把它带给我吧。"

"您明天早上就跟我一起走吧,"梅耶说,"然后您可以带上偶像再回来。"

皇后瞧着正一个劲地舔着商人那个菜碟子的高老头。爱丽丝正面对着一面带有小小花盆的镜子,那里头一些色彩暗淡的不凋花正在干枯,她拆散了发辫,摇晃着脑袋,充满爱意地对着自己的影像微笑。她看到,梅耶那双目光锐利的眼睛,正好停在了她的左肩上,然后就闭上了。

他并不是很笨拙。他的手指头让人根本就感觉不到。她长裙的吊带神奇地滑落下来。

"您别动,"梅耶说,"就这么待着,保持着现在的表情,其他的一切我来处理。"

爱丽丝幸福地听从指令。她好几次地看到他的眼睛亮光熄灭了,然后又重新睁开。在她的脸颊上,一种锐利的玫瑰色的波浪让位给了更为苍白的颜色,她的鼻子夹紧了,她的脖子伸长了,她那浓黑头发上的一个发卷、两个发卷披落下来,打在太阳穴上,她并没有松开她的影像,却以为看到了他跟着另一个女人走了,又返回她这里,她的嘴唇张开来,然后又闭拢,停在了她想说却又没有力量说出来的词儿上。

皇后和高老头早已爬上了餐具柜,从那个天堂上,它们观看着这一场景。

当梅耶这个又瘦又长的人来到时,这里就有了一个奇怪的节庆场合。他们会做摊鸡蛋吃。可惜的是,实在是找不到太多的香料草,只能让它们退居到碟子的边沿,而同时,留给拜访者的抚摩也被无情剥夺了。但是这一次,好戏真的是新的!皇后和高老头嫉妒得很,闭上了它们垂直的瞳孔。

高高田野上的夜色占据了大半个窗户,伸展开它那清亮的丝绸。

人们再也听不到别的,只有几声叹息,猫儿们也都不见了。然而,这时候,一阵嘶哑的喘气声吵醒了它们,高老头把爪子伸到了脑袋上。

"那现在,"梅耶说,"我们是不是该去车上装画了?我会慢慢地开回去的,您美妙的气味将陪伴着我,亲爱的爱丽丝。"

她帮着他,从画坊来到公路上。在花园深处,一只夜猫子咕噜咕噜地叫了一阵,绒毛般细腻的音符。接着,它又噤声不语了,让人还以为它飞走了,在围裙抖动般的一阵窸窸窣窣声中带走了所有那些音符。

"您开着小卡车来的,"爱丽丝说,并不带一丝指责的口吻,"因为您知道,我会把这画让给您的。"

"我很喜欢它。"梅耶说。

"我真的是拿您没办法,"爱丽丝又说,"但是我对您说,吉尔,我再也不画别的了,就只画一些小小的静态的油画。您要想着为圣诞节来它一次展览,比方说吧。"

梅耶用长长的带子把画框固定住,爱丽丝则瞧着他干活,站在空荡荡正在转圈的公路上。房屋的砖头围绕带让它变得像是一只陈旧的披挂了铁甲的大箱子。在公路另一侧的斜坡上,一片树林遮蔽了一个高高矗立的小礼拜堂。在更高的清亮天空上,人们依稀猜测到有一架飞机掠过,留下了一长溜奶油般的白道道。

突然,人们听到一道门吱扭吱扭地响了起来,一道沉重的门,被一只稳稳当当的手打开了,然后扶定。

爱丽丝转身朝向小礼拜堂,而梅耶则站立在小卡车上,一动也不动。夜色似乎刚刚在渐渐扩展,寒冷也在紧缩。

"您听到了吗?"梅耶说。

"是的,"爱丽丝说,"我们忘记关上客厅的护窗板了。"

梅耶一步跳下卡车,亲吻起爱丽丝的手来。

"吉尔,"她说,嗓音很是温柔,"假如真的没有什么事,也没有什么人在巴黎等您,您为什么就不能把汽车开进花园里来呢?那样,我们就可以一起过夜了。您对我都说过二十次,您要留下来,而每一次您都会失望地跑掉。那么今天呢?或者,现在呢,您会觉得失望吗?"

梅耶吻着她的手。

"我打开栅栏门,"她说,"您就把汽车停在小路上好了。"

"我看,您是不是有些害怕了?"梅耶说。

"可是,害怕什么呢?"她说着,睁大了眼睛,然后她笑了起来;她打开了栅栏门,栅栏很油润,没有发出一点儿声音,接着,她又推开了客厅的护窗板。

他们又跟猫儿们待在一起,坐在皮面的长沙发上,面对着壁炉里由爱丽丝重新生起的一膛旺火。

"要想这么快就生起这么旺的炉火,"梅耶说,"您就必须心中充满了爱。"

"别再说您的傻话了,"她说,"当您渴望要我的时候,您就干脆一点,把我拿走好了,就像刚才那样,我讨厌为这样的事来上一整套一整套的句子。"

她从一个食品柜里拿出几瓶酒来,建议喝上一点烧酒。

"您来一点吧。"她说。

她拿起那几个已经用过的酒杯,一口喝干了一满杯。梅耶瞧着炉火,心里在说,他可是从来都没有见过爱丽丝如此的神经质。她是不是后悔她方才的委身了呢?事情该发生就总是会发生的,不是这一天,就是那一天嘛。她把一盘磁带塞进了电唱机里。

"萨嘎·斯威夫特,"她说,"一个新的男低音。"

"好极了。"梅耶放弃了,什么别的都没说。

皇后在壁炉台上那些黑人雕像的背后走过来又走过去。高老头则低下了脑袋,瞧着大门,就仿佛那里将出现一只老鼠。爱丽丝跟那两个小家伙同样的神经质,她一手挠着沙发的扶手,而眼睛,则在一动不动的身体中保持着警戒,但那不是针对萨嘎·斯威夫特的嗓音,倒更像是针对那撕心裂肺的音乐所留下的一道道缝隙。

梅耶发现了一个新的爱丽丝。确实,她已经有点儿疯了,时刻保持着警惕,如同所有那些搞创作的人,但是一段时间以来,她看起来始终蜷缩着,像是被她自身所抛弃,突然间变了颜色,变得灰头土脑的。

"爱丽丝,"梅耶说,"您不愿意手脚稍稍伸开一会儿,躺下来吗?您是不是有些难受?"

"没有,为什么呢?您愿不愿意听点儿音乐,吉他曲、钢琴曲,或者一曲交响乐?再来一杯雅文邑如何?"

她又给他们俩倒了几个半杯,然后一口喝干。

"某种东西在唤醒您,"梅耶说,"既然您都不想再睡觉了。"

"柏辽兹吗?哦,不,还是听这个吧。"

她去选了一段风笛协奏曲,重又坐下来,而她刚刚产生的冲动已经是最后的冲动了。梅耶不无惊讶地瞧着被她咕噜咕噜地喝得一空的烈酒酒瓶,一言不发,仿佛他早已经不再在那里,等到埃尔金的弓箭手进行曲震耳欲聋地响起来时,她早就呼呼大睡了。梅耶关上了音乐,熄灭了灯光,只留下长沙发背后的一盏地灯还作为长明灯而亮着,他把爱丽丝的腿脚捋直了,把她的脑袋垫正了,而她则随他摆弄着,全然一点儿知觉都没有。他还生怕她会着凉,便摸索着爬上楼梯,上楼去找一条毯子,打算下来后盖在美人儿身上,但是,来到卧室里时,他感到一阵寒冷,原来窗户大开着,有冷风吹进来。星光如粉末一般洒在斜坡的树木上和小礼拜堂的屋瓦上。梅耶踮起脚尖走到窗前,要把窗户关上。但是,在放下窗户板之前,他深深地吸了一口山里头的空气,以便从麻木中,从酒精中,从软弱中摆脱出来,要知道,面对着爱丽丝的邀请,他总是软弱地一再退让。他终于感到了幸福,能够让自己隐退而去,既然现在她已经跟睡眠这个更为言简意赅的旅伴一起上了船!

就在他依然还伸着胳膊,准备扳动护窗板时,他突然听到一阵吱呀吱呀的声音,就是方才在装小卡车时让他们俩,让他和爱丽丝吃了一惊的那种声响。是的,那是一道户枢有些涩的门的转动声,它来自灌木丛和树林那一边。一只大公爵猫头鹰笨重地飞起,从公路上飞腾上来,穿越了花园。梅耶等待着那种吱呀吱呀声再度响起,想尝试一下猜一猜那究竟是怎么一回事。不,那不可能是某种夜鸟的鸣叫,通常,它们都是圆润的,压抑的,也不会是一只中了猎手陷阱的野兔发出的悲鸣呻吟。什么声音都没有再度传来,梅耶就关上了窗户。他不得不点燃他的打火机,然后借着微光来开亮一盏灯。他从爱丽丝的床上拿起来那条很薄的花毯子,然后下了楼。爱丽丝正航行在波浪的低谷中,嘴唇张开着。

在门上挂着的那块记事石片板上,梅耶写下了这样几个字:"再见,长夜平安。吉尔。"在那些字的上方,是爱丽丝用粉笔留下的字迹:"铅白。皇后种疫苗。大酒桶 = 110 升容量。""当他们远飞时,我便是那翅膀"①,爱默生②。她还画了一

---

① 原文为英语"When me they fly, I am the wings"。
② Emerson(1803—1882),美国作家、诗人、演说家、思想家。上文的那句,是他的诗作《大神》(*Brahma*,一译《梵天》)中的一句。

弯月牙儿。

梅耶瞧了瞧那两只猫,先是一只,接着是另一只,它们都把脑袋伸向窗户,动作一致。梅耶屏住呼吸,侧耳谛听,但听到的只有爱丽丝的呼吸声,很不规则,带着叹气和犹豫,团团围绕着挂钟的滴答滴答声。

梅耶以为她将会醒来,便踮起脚尖走近她。爱丽丝睡着的时候更加漂亮,没有了她说话时特地陪伴的所有那些鬼脸,她装鬼脸似乎是为了强调话语的力量,或者还不如说,是为了在说出口的时候测试一下话语的力量。梅耶冲她投去微笑,而他觉得,她似乎也在报以他微笑,尽管那双眼睛深深地凹陷了下去。他强忍住没有去吻这双眼睛,也没有关上地灯,但他抚摩了那些猫,轻轻地关上了门。当他把小卡车退出,停到公路上后,他又返回,以确认汽车的马达声没有惊醒爱丽丝。没有。皇后和高老头蜷缩到了它们女主人的脚下,在长沙发的一头。她会埋怨他的这次溜之大吉吗?当清晨时分她那么渴望有人来叫她时,她不希望是被他叫醒吗?从此,这商人的来访,就将不会是原来那样的了。爱丽丝与一幅绘画分别

· 车夫,挥鞭! ·

时,兴许将不再会那么忧伤了。梅耶会装作前来商谈一笔生意的样子。长久以来,梅耶就一直渴望着爱丽丝。他来到时总是浑身颤抖,被他们之间客客气气的以您互称温柔地弄得心慌意乱,就仿佛他每一次都能发现这一切,又黑又紫的眼睛,光滑的皮肤,小巧玲珑的双手,鼓鼓腾腾的但走动起来却如此轻巧的身子,简直就是身轻如燕,很自然地,这一切在召唤着抚摩,唾沫。

就在梅耶一路驶向巴黎的当儿,被丢弃在睡梦中的爱丽丝让自己的一条胳膊垂落在覆盖了长沙发跟前的方砖地的那张牛皮之上。在她两条分开的小腿之间,那条贝阿特丽丝式的长裙揉搓了它的千百朵小花。突然间,高老头抬起了脑袋,喵喵乱叫,突然猛一蹿,跳将起来,身后紧跟着皇后,两只猫都跳到了楼梯上,一时间里彼此制造着紧张,然后就消失在了楼上。一个男人悄无声息地溜进了门,并让大门就那样在身后敞开着。他瞧了瞧在阴影中的女人,被那盏地灯照亮的贴满了一墙的画像和明信片,放在牛皮上的那个空空的长颈大肚玻璃瓶,盛在一个杯子中的鹅卵石。他犹豫了一下,做了一个动作,向前走去,然后回过头来关上了门。房间里的香气是唯一让他迟疑了一阵的东西,那是混杂了晚香玉、熟黄油、李子酒、亚麻油的气味。一种从未闻到过的气味,来自于另一个世界的气味。他把目光转向那面又长又窄的镜子,它点缀了书架上空荡荡的一层架子。沁人心脾的一大摞精装书中的水银,他大概从镜子中发现了自己的脑袋,甚至还在那里头看到了一个外乡人的脑袋,小小的眼睛,一大把灰色的胡子。有那么两次,他返回来看着这个脑袋,然而重又显得被熟睡中的女人所刺激。很长一段时间里,他就那样纹丝不动地待着,然后,他突然瞧了瞧自己那有棱纹的裤子,绿兮兮的沾满了泥巴,然后则是他那双结结实实的皮鞋。他用小臂胡噜了一把脑门,又平稳地重新戴上他那顶带有锌皮色调的鸭舌帽。这时候,他迅速地掏出他的性器,结结实实的,青紫色的,坚硬而又稍稍弯曲。他以一种猛兽般的准确性,扑到爱丽丝的身上,胳膊一伸,便把她的喉咙压在底下,同时一把就撩起她的裙子,插入了她。爱丽丝没有做出丝毫反应,她被粉碎,被窒息了。她的所有感官给她留下的,只是小小的眼睛、羊毛粗脂味、兽性的摇动、满腔翻腾的汁液的一种混合,将她深深地淹没。正当她眼看着就要接不上气来,胃里头一个劲地要反呕,酸水直往上冒时,她看到那男人挺起身来,匆匆整理了一下衣服,往炉火中呸地吐了一口痰。巨大皮带上的扣针来了很好笑的一下松扣,寂静中微不足道的一记昆虫之声。四面墙壁在彼此逼近再逼近,爱丽丝哇的一下就呕吐开了。她只来得及转身把嘴冲向侧边。然后她眼睛一闭,整个人都翻转过来,吐了个干干净净,她没有看到那男人出去。她只听到他的脚步声响在走廊的地砖上,然后房门喀啦一下关上了。

若是没有牛皮上面泥巴的痕迹,呢绒的那股哈喇味,她被挠伤的发红的脖子,她那湿漉漉而又冷冰冰的大腿,爱丽丝或许会想象,她刚刚从一个噩梦中挣脱出来,但她切切实实地感觉到,自己就像一株植物一样被活生生地撕裂了,那一双脚如冰一般冷,那里,脚踝好像都被切断了。她先是叫唤起那些猫来,但叫了半天不见猫儿过来,然后,她朝大门走去,同时特别想大喊出声,但她的喉咙好像被卡死了。黑夜在很远的地方,跟一个荒凉舞台上的布景一样的虚假。一阵非常温和的风刮过,带来了好一阵略带甜味的雨,味道介乎于草莓和蘑菇之间。草坪上日本树①的玫瑰色被光线所唤醒,还依稀尚能辨认,那光线透过门缝折出了棱形。而在滴落于树上的水滴声之外,一切全都封闭着。爱丽丝颤抖了一阵,回来筑垒自卫,笨手笨脚地把窗户上的铁插插入凹槽中,而之前,她根本就没有用过那东西。

然后,她清洗了方砖地,上楼去洗澡。她放了两遍洗澡水,第二遍用了很多的香味澡盐。二层楼上的这窗户既没有纱窗帘,也没有方形的毛玻璃,而且,她还忘记了拉上那上面的百叶栅,而这时候,那个长了一双小眼睛的流浪汉,正从保护着小礼拜堂大门的那道披檐那里,远远地张望过来,瞧着这个黄颜色的方块。就在悬挂于下方一片黑暗深处这个明亮的方块中,他先后两次看到了他那猎物的身影,而他还在问自己,他到底是不是在做梦,但是他感觉自己内心空空的,仿佛是他自己生出了这个明亮的形状,只见她来来去去,还用一块长长的毛巾,像锯什么东西那样,没完没了地擦

---

① 当指樱花树。

着背。这是他的作品。他这一生最美的画像。他从他的衣兜里掏出一个钩子,打开了小礼拜堂的门,然后,他以一种平静的步伐,走在黑暗中,寻找着被他塞到木结构祭坛后面狭窄空间中他那铺在麦秸上的褡裢。他从那褡裢中掏出一升葡萄酒,一口气喝干净,然后把酒杯猛地扔向门口边的墙上,幸福地听到那声音就像是一束烟火绽放开来,然后他在麦秸上点燃了火,等着第一股浓烟呛到了他,才跑了出来,消失在了高坡的树林中。

过了好一会儿,爱丽丝还是不能够暖过身子来,也无法停止浑身不由自主的颤抖,便很机械地跑去了画坊。在可转向的电灯那强烈的灯光下,那些翻转过来靠墙堆放的带框的绘画,令人联想到一次出发,而画板上堆积得如同一个个蚁穴的颜料碎屑,就像是一条五颜六色的蛆虫,可能就是她自己的灵魂,是的,她从来没有感到过这一点。"梅耶!"她喃喃地呼唤道。她灭了灯,然后转身走向过道,电话机就安设在那里,在朝向公路的楣窗上,而就在这时候,她看到了火,火焰跳动在小礼拜堂那两个不带窗玻璃的尖拱形窟窿中。

梅耶还没有回到家。于是爱丽丝把电话打给

了田野另一头的农庄主,这农夫是那么的胖,仅他一个人就能把村公所的大厅给挤得满满当当,他当了村长后就住在国道边上离学校只有一墙之隔的村公所里,长长的村庄中唯一的一条街就从那里穿过。

"小礼拜堂着火啦,"爱丽丝说,"来救火啊!是的,就在我眼前!"

"我这就打电话给宪警队,"村长说,"他们会唤醒在马拉尼的消防队员的,但等到他们赶来时,恐怕就只剩下断墙残壁了。不过,那也算是一个没有什么用场的房子了。您也看到了,村公所当初做得很对,没有把它卖给您!不然,您在那里头会冻死的,冻不死最终也会被烧死!"

"快点打电话吧。"爱丽丝说。

但另一位还在喋喋不休地说:

"它怎么烧起来的,就会怎么熄灭的。我知道,有一些流浪汉把那里当了自己的窝,时不时地,有一些童子军拉练时也会住在里头。一个布道台已经倒塌,一个祭坛也所剩无几了,还有几把长椅,算不上一次什么大损失。"

"快打电话吧,要不,我就自己打了。"

· 车夫,挥鞭! ·

"我当然会打的,法尼西小姐,但是,别让您自己卷入到同样的状态中去,火是不能穿越公路的。好的,好的,我马上就到。"

等到他的汽车停在了爱丽丝家的栅栏门前时,爱丽丝正藏在阴影中,通过百叶窗的板条,眺望着小礼拜堂那两个尖拱形的窗户,那里已是一片不停跳跃的闪亮金光。火焰呼呼地作响。也不知道是得到了什么样的秘密警报,一些好奇的村民已经站在公路上观望了。突然,小礼拜堂的屋顶被掀开,一团烈焰腾地蹿出,比高踞于山坡上的树木还要高。紧接着,伴随着点点火星和团团火焰的一次下陷,屋顶弯了下来,消失在了墙壁中,一股金色的灰尘随之飞扬起来,带上来一股股圆鼓鼓的浓烟,然后,燃着火的屋架的一部分就变得像是爱丽丝最后那些几幅画中的一张,让那带有种种不同程度的蓝色和橙色色调的魔幻般的斑纹,牢牢铭刻在她的记忆中。不到一个钟头的时间,一切全都化为了乌有,只剩下青草和麦秸被烧的气味,还有某些烧焦的松树枝发出的辛辣刺鼻的酸味。爱丽丝回想起了以往被蜡烛所逗弄的圣诞树,而正在此时,一起围观的村民那边,响起了一阵杂七杂八的嗓音,消防队员刚刚赶到了现场。突然,她清清楚楚地听到了那魔鬼般的不速之客在她身上呼哧呼哧的气息声,他干完事后发出的嘟囔声,还有从他胸口透出的喘息声。于是,她猛地夹紧了两腿,仿佛那另一个又一次试图进入她的身体。她只得坐下来,但有人敲响了门,有人在叫她。她去开了门。

"不,我什么都没听见,"她回答道,"我一看到着了火,就给村长打了电话。"

电话铃响了起来。

"爱丽丝吗,"梅耶的嗓音很是温柔,"我吵醒你了吗?我想对你说我很幸福。你接着再睡吧,我明天再跟你说我的决定。我们将一起干一些大事情。"

"但是,干什么呢?"

"嘘!明天再说吧。"

她挂上了电话。

"这么晚了,还有人给您打电话呢?"村长问道。

"一个生意人,"她说,"他知道我常常夜里头工作。"

· 车夫，挥鞭！·

消防队员把水管子接到最后的一截水栓龙头上，就在爱丽丝家的矮墙前。随着雨滴重新开始落下，灾难只成为了一段记忆，小礼拜堂，变成了一座骨架，最后的一缕细烟还在袅袅冉冉地冒着。好奇者纷纷回家去睡觉了。爱丽丝穿上了一件外套，从她的卧室远望着消防水管的重新卷拢。五个戴头盔的男子彼此交换着笑声，断断续续地，他们瞧着那个好奇女子的身影，还有坐在窗沿上的猫儿的身影。然后，来了一场暴雨，远处闷雷轰响。爱丽丝关上了窗户，走到镜子前，瞧了瞧她那还有些疼痛的脖子。脱衣服的时候，她看到了胳膊上的青痕，而在她的大腿上，有两道长长的印痕。她吞下了几片药，把她的猫儿安顿到边上的枕头上，睡意慢慢地来到，但充满了障碍，而且被分成一段一段的，恰如有一个熟睡的人在边上做梦，时不时地还给您来一下。

梅耶是第二天中午时分过来的。他不得不使劲地敲门，以唤醒睡梦中的爱丽丝，当他在门前不耐烦地来回踱步时，他发现了被烧毁的小礼拜堂，不由得心中顿生一种恐惧。他重又敲起门来，敲得更凶了。

"进来吧。"爱丽丝说。

"但是,出了什么事情?"梅耶说。

她瞧着他,仿佛她这才发现他,而梅耶一言不发地站在爱丽丝的面前,只见她脸色苍白,眼圈发黑。

"雷电劈的吗?我从广播里听说,昨天夜里有雷阵雨。"

"不,"她说,"我不知道。应该是有人放的火。消防队员,还有村长,都认为是某个流浪汉干的。"

立即,刚刚在门口令她困顿不已的问题重又抓住了她,带着种种答案,种种后果,种种曲折,整整的一生,一秒钟里的好几生。要是我怀孕了呢?怀的是谁的孩子?

梅耶把她拥在怀中,久久地亲吻。她任由着他。她感觉到了孩子。

"我爱你,"他说,"假如你愿意的话,我们就去结婚吧。"

"有这个必要吗?"爱丽丝说。

梅耶期待着一切,除了疑问。

"爱丽丝,我在回去的路上,还有整整一夜,想过这个了,我是那么的幸福,显然是那么的幸福,我甚至都睡不着觉。我要是知道了这一件关于小礼拜堂的事,我就会马上返回来的。我曾相信我来是为了你的画,但其实是为了你。我从来都没有想过要把绳索套在我的脖子上,从来都没有。而昨天晚上,一切都动摇了。从明天起,我们就出发去南方,我要把你介绍给我父亲。我今天早上就已经给他打电话了。他已经祝福了你。他对我说,爱情在这一点上就可以认出来,它像一个小偷那样来到,并带走一切。我是赤裸裸的,一无所有,爱丽丝,我所拥有的全都在你手上了。你要花上整整的一生,来一点一点地把它都还给我。"

他狂热地一把抓住她,她就让他那么抓着。

"好的,"她说,"我们一起走。"

他们结婚了,只来得及在教堂匆匆发了公告。爱丽丝离开了山坡上的家,把她的画坊搬到了吉尔的公寓中。只有皇后和高老头跟随了她过来。他们决定,就在首都和尼斯轮流着过,吉尔的父亲已经把他在尼斯上城的房子送给了他们。处在幸福美满中的吉尔,看到他的生意一眨眼之间就翻了三番。

这期间,从各方面的症状来看,爱丽丝应该是怀了孕。梅耶闻讯狂喜不已,一连好几个小时地抚摩她的肚子。

"我们不应该留着他,"她马上就说,"我们有的是时间。你当真那么着急吗?"

"这是我们第一夜孕育的孩子,"他重复道,"是第一天得来的孩子。一切运气都会来到他的头上。你没有听到我父亲这样说过吗?"

"但是,吉尔,你总不该是要对我说,那天夜里你就想着要他来的吧?"

"确实,"他说道,"我是竭尽全力想要他的。而现在,这怎么反倒成了一桩罪孽。医生都对你说了,一切顺利。而我看到你却那么忧伤!你是不是很疲劳啊?我知道的,有的女人怀孕后会有反应的,从开始的第一天一直难受到最终的那一天。"

"我并不难受。"爱丽丝说。

然而,对她来说,每时每刻都变得无法忍受。她又如何能够不承认那陌生人的来访?她又如何能够接受那样一种冒险,为她所爱的人送上一个可能是由另一个强行冒犯了她的人种下的苦果?

她又如何可能有勇气远远离去,前去堕胎,然后回来,平平静静,自由自在?她每时每刻都在向自己提出这些问题,无论如何都躲避不开。她的工作本身也受到了影响。三个月以来,她几乎什么都没干,只是在她的本子上画了一些速写,并尝试着在画布上不画别的,只画一些花,或者还不如说是复制那些花,似乎想以此来逃离她整个的漂泊。

"这都成了你的鲜花期了。"梅耶说。然而它们很惹人喜爱,它们卖得很好。就仿佛在艺术家的生命中有着那样的一个个不同季节。那些玫瑰,那些丁香,就是某种形式的隐退。

然而,他不无惊讶地得知,她居然在最后时候抛弃了她曾经很想画的那些画,它们曾是那么的高大,当年,她不得不增高山坡上那个画坊的高度来适应它们。他曾经二十次地建议爱丽丝在周末时刻回到山上去,去过巴黎人的星期日,但她什么都听不进去,而且,在她的要求下,梅耶还搬走了那里的一切。

"怎么?把房子卖了吗?"他叫嚷起来,"不,我们不能那样,我们得留着它;让我自己来处理那一切吧!"

爱丽丝的脸消瘦了下来。一个又一个浅褐色的斑点出现在了她的额头上,太阳穴上。突如其来的一阵阵疲劳不时地攫住了她,奇怪的胃口让她特别想吃某些东西,诸如上面放了苦橙或者辣椒的黄油大馅饼。她的工作也沾染了同样的魔幻。整整八天时间里,她素描着同一个苹果,用了好几个本子来尽可能忠实地重复它;然后,整整两个星期,就画手。各种各样的手,有她自己的手,肉鼓鼓的,还有另外的手,男性的,多筋节的。再后来则是猫儿的时间。皇后和高老头摆出不可一世的姿势。梅耶则相反,惊讶于一种已经牢牢攫住了他妻子的现实主义。她从一种精练纯化得直如闪电一般的抽象,已经返回到了逼真和细节,其功能不是别的,就是召唤起另一个细节,直至彻底窒息,直至以一幅幅无限精确的作品求得梦幻的洗涤。

"我们甚至都可以来一根根地数画像上高老头的毛了。"梅耶一天晚上这样说。

他是那么的幸福,带着如此一种随时随地都不忘开个玩笑的渴望,以至于他看不到爱丽丝的忧伤,而这忧伤,却是明摆着的,那么的显眼。

她的话越来越少了。

"他马上就会动了!"梅耶叫嚷起来,跪在她的面前,把耳朵贴到她的肚子上细听。他缩紧身子,把爱丽丝推翻在长沙发上,床上,地毯上,而具体在什么地方,就要看他的激情是在什么地点把他点燃了。爱丽丝则任由他发泄,她那快感中略带痛苦的脸点燃了吉尔的热情,让他最终以道歉收场。

"你还以为我会让他难受吗?不应该再那样了,快阻止我吧!"

于是微笑重又返回到爱丽丝的脸上,她心里在问,如此暴烈的行为是不是会很幸运地导致最终的流产。而她自身的暴烈也着实让她吃惊,让她入迷,推动她走向狂热,这一点她原来根本就料想不到,如今却让她如痴如醉。于是,一个个夜晚就这样一下子如梭穿过。但是,在第四个月,一天早上,胎儿开始动弹了,乐得梅耶唱起了从童年时代起就几乎忘得干干净净的歌。公寓底下一共五层楼房,都成了卡恩夫人——吉尔的这位看不出年龄来的女秘书——从不离开的画廊,提供了爱丽丝的种种作品,从她早先的油画,到后卫派的单色画,最后还来了一个猫科系列,它由一张海报和一份请柬来宣告,海报和请柬上显现的是母猫皇后那一对垂直的瞳孔,它们让人猜测,在它们粉状的乳白色里头,有着一个正在形成的世界。

爱丽丝在下午将尽傍晚的时刻,走下了楼梯,来出席画展开幕式的"鸡尾酒会"。这是一次成功……人们喝了很多酒,还很不知趣地饶舌了老半天。爱丽丝穿着一袭波西米亚式的长裙,戴着沉甸甸的戒指,头发上穿插了一根根金别针,仿佛是从旧约中走出来的古老人物。人们看到她脸色很不错,每个人都预期她会有一个非凡的孩子。父母亲都那么漂亮,孩子又怎么会不成功呢?这时候,人们便会瞧一眼边上的梅耶,又瘦又小,胡子跟铁丝刷子似的,浑身都是骨头。

"您的肚子很高挺,爱丽丝,会是一个男孩子!"

她好几次听到这样的话,直到铁幕最终落下。身穿白衣服的侍者们——连同桌子和桌布一起租来的——忙完了这一次差事,梅耶让人摘下了贴在已经有人预订的作品上的红色小圆片。而爱丽丝,则回到了公寓中,洗了个澡,缓步走向画坊,那

• 车夫,挥鞭! •

画坊就是早先的大客厅,一棵种在铺有石板路的院子中央有二百年树龄的椴树的树梢,刚好够到它的窗前,大大的窗玻璃映出了半边天空,夜空中透着一种池塘般的凉快。

爱丽丝换上了吉尔的一件厚厚的睡袍,用一根门铃绳系紧了,袖子卷将起来,把一幅空白画布放上画架,把两盏很亮的灯对准了洁白无瑕的方块。有一种力量在推动她,粗暴地虐待她。她把几管颜料挤空,挤到调色板上,开始用茶褐色描画出一个脑袋的轮廓,正脸,然后,颜色就显出来了,全都那么的震撼,除了瞳孔的那几点绿色以及水银色。等到梅耶重新上楼来时,那个噩梦之夜中的流浪汉形象,已经出现在了画面上:目光尖锐,却又辽远,带有那样一种寒冰,似乎在野兽的眼睛中不断地融化,灰色的鬈发底下是低低的额头,脸上的细沟,眼角的鱼尾纹,皮肤的皱纹从来没洗过,一把大胡子,但胡须并不长,塌鼻子,带血腥味和烟草味的嘴唇,公牛的脖子,大大的喉结。从这散发出麦秸味和碱水味的一大团中,致命而又确切的目光将您穿透,又来到您的背后,在您的后脖子上,一种蛇一般的冰冷。

"这是谁?"梅耶问道。

"我不知道。"爱丽丝很自然地回答说。

"简直可以说是一个大先知。"梅耶接着说。

"我恨他。"她说。突然,她把一管黑色颜料都喷溅到画布上,唰唰地几笔,就把它给粉碎了。梅耶看得目瞪口呆,根本就来不及反应去拉住她的胳膊,晚了,那形象早已经没有了。

"但是,总归,这样做很傻,爱丽丝!这个头像画得很精彩的,一道人们实在很少见的目光。"

"它既是这样来的,就得同样地走掉。"她说。

"但是,总归,我爱你,也爱你所做的一切,你总是无法无天的,这样好极了。你给我来上三个斑点,一道闪电,你给我剪出一朵玫瑰,但是,好精彩,我都要了。"

她不再听他说,她去隔壁房间走了一趟,拿来一把剪刀,长长的,尖尖的,裁缝用的剪刀。猛的一下子,她用刀割破了画布。梅耶赶紧冲上去,但是晚了,愤怒不已的爱丽丝不肯束手就擒。梅耶抓住了她的手腕,想把它扭转,但爱丽丝的气力是那么大,弄得他身子像陀螺一样原地一转,连带把她也拉倒了。她发出一声凄厉的尖叫。梅耶跪倒在地上,捧住了她的脸。真的是不可思议,她居然微微一笑。一时间里,他还以为她疯了,但她躺了下来;睡袍撩开了,鲜血流在了爱丽丝的肚子上,还有她的手上,那双手还紧紧地握着钢铁的尖刃。

"叫医生,"她说,"快打电话。"

梅耶赶紧奔向电话。

剪刀碰到了胎儿。人们只得把一切都掏出来,但是外科医生得以缝好并抢救了子宫。住了两个星期的医院后,爱丽丝又重新站了起来,可以回家投入吉尔的怀抱了。一旦获得医院方面的准许,事情的调查也就戛然而止了。爱丽丝和吉尔都说,那只是一个意外事故,她是从楼梯上摔下来的。他们只有一个渴望,能够再怀他一个孩子,以抹除这一不幸。爱丽丝恢复了常态,有了胃口,忘记了一时间里她跟死神打的赌。

梅耶还试图回想起那个情景,并为此而道歉。他久久地抚摩着他的妻子,恳求她原谅他。他终于明白到,她原来是有权利发作的。

"你什么都没有做错,"她反复说,语调十分温润体贴,"我爱你。我也不知道我当时是怎么了。"

但她的心里明明白白的,她知道自己怎么能在一瞬间里,通过把握一个天赐良机,就把烦人的困惑丢弃给了一个只有她自己才能负责的动作。最让她感到刺激的,是在剪刀刺中自己肚子的一刹那,她什么都没有感觉到。痛苦只是在一种从高处、从头脑中降临下来的深深的平静之后才来到,恰如一阵温和柔绵的细雨。

"真的是难以想象,爱丽丝,你当时居然还微笑了。"

而生活在继续,这一期间,梅耶又回去看望了那个外科医生,问了他同样的问题。

"梅耶先生,您还是不要拿这个问题去烦她了,您放心好了,您会让她生下漂亮的孩子的。"

山坡上的房子开始着手出售了。这是爱丽丝最后的要求,当她对梅耶说,这是一个不会给他们带来好运的巢穴,他表示愿意尊重她的说法。

然而,他们还愿意最后再去瞧它一眼,"这是我创作的地方。"爱丽丝反复这样说,而房屋的新主人在六月份的一个晚上接待了他们。

小礼拜堂的失火已经是九个月之前的事了,爱丽丝和吉尔惊讶地面面相觑:他们本没有选择这一有可能成为一个孩子诞生之时的时刻来完成这一朝圣。偶运依然在扮演着角色。总之,他们很肯定,总有一天,孩子会来的。

"梅耶夫人,先生,"主人家说,"请随便,就像在你们自己家一样,但是,你们还认得出吗?我们可是改变了屋里的布局摆设。"

"我很想再看看画坊。"爱丽丝说。

他们就去了。在天气温和的傍晚时分,贪吃的小溪只想着它自己。爱丽丝走过小桥的时候真有点羡慕那溪水了。

在画坊中,涂了石灰的横梁底下,浓烈的松脂香味像是在占据了房间中心的台球桌上来了垂直方向的一记挫球。

"又来了!!"这地方的新主人大声地叫嚷起来,"吕西安娜?"

他妻子赶了过来。爱丽丝瞧着冲田野那一侧窗户的窗台,田野中麦浪滚滚,随风起伏。

"怎么回事?"梅耶问道。

"又是一只兔子!"吕西安娜喊叫起来,"昨天就已经放了一只了。这些畜生,也太年幼了,简直是一场屠杀。全都是套索套杀的!我不知道是谁给我们送上的如此的礼物！这不会是一次遗忘，我怀疑他是想制造一份惊喜。"

"你们早先是不是跟偷猎的人有过什么关系？"那男人愉快地嚷嚷道。

"兴许我妻子有过，"梅耶微笑着回答说，"爱丽丝，当我不在的时候，你是不是跟那些漂亮的家伙打过交道？"

他搂住了爱丽丝的腰。爱丽丝则低头看着兔子。

"兴许，有一天，我帮了他们中某个人一个什么忙吧。"她做梦似的喃喃道。

"你们可愿意赏光喝一点波尔图甜酒吗？"女主人好心地问道。

"这是一条幸运的山谷，有一些流浪汉。"爱丽丝接着说。

兔子的长耳朵始终是惊讶，是诧异。

"我都不敢问你们，"梅耶说，"但是，假如你们用它来做一份肉冻，是不是可以为我们留一罐尝尝呢？"

"别听我丈夫瞎说八道。"爱丽丝高声嚷道。

"我把其他的全都埋了，"吕西安娜接着说，

"对这一只我也会照此办理的。我很讨厌天上掉馅饼那样的事。这很简单,我是不会要它们给我的猫的。它们都去哪里了?皮耶莱特呢?露露呢?"

爱丽丝扭转脑袋去看,皮耶莱特和露露,两只流浪的虎斑猫,正靠在大门上蹭着痒痒呢,它们尾巴翘得高高的,像是很感兴趣的样子。

她走向它们,抚摩着它们的身子,这就像有人向看门的人小小地行个贿,以求对方行个方便,能让人走进房子里去一样。

捏在女主人手中的兔子很像是一具尸体。它的皮毛是一种浅浅的土黄色,恰如人们在那两只孤儿猫的背上看到的那样。

"再见了,"爱丽丝说,"谢谢。"

一时间里,她似乎觉得,来自小礼拜堂的灰烬气味,那么的固执,那么的毛茸茸,跟兔子、跟出发、跟小径的气味已经混淆在了一起,好几次,人们在梦境中不由自主地走过那些小径,穿越了死去的生命。她抓起梅耶的手,亲吻了它一下。就在他们走开的那一刻,树木发出了轮船的那种咔嚓咔嚓声。

一个天使经过*

"来啦,来啦,瞧瞧,怎么这般不耐烦呢!"

门铃再一次响起,艾尔维·德·凯尔法戴克大师停在了他那挂大衣、帽子、拐杖的多功能架面前,这件有综合功能的家具用竹子做成,阿兹台克人的风格,他照了照衣帽架边上的镜子,为的是证实一下,他的领带是不是正好戴在了跟他的头路相一致的中轴线上,然后走了三步,小心地扣上了房门的保险链,把门打开了一条缝。

---

* 本篇《一个天使经过》(*Un ange passe*)选自短篇小说集《巴比伦一树》(*Un arbre dans Babylone*,1979,摩纳哥大奖)。"一个天使经过"在法语中有另外一层意思,即是说"一番谈话中出现的令人颇为尴尬的长时间沉默"。

· 车夫,挥鞭! ·

一个男人站在大门前的人行道上,看不出他的具体年龄,只见他面色苍白,毛发柔软,一只手提了一个皮包,另一只手捏着一顶巨大的深颜色帽子。在这个上午,凯尔法戴克并不在等什么别的人,他等的只是他的几个朋友,如同每个星期六那样,他要从整整一星期的诉状中摆脱出来,好好休息一下,跟一帮人玩一玩桥牌,他们是德·帕斯罗斯夫人,英语教授帕斯罗斯的妻子,哈利萨尔雷管制造厂的哈利萨尔夫人,一个相当精明能干的女人,还有内科医生贝尔曼大夫。这些个搭档有时候也会带各自的配偶前来,还有肖像画家佛斯蒂娜·鲁瓦斯勒,这位女画家跟律师有着健康卫生的关系,但是,眼前的这个陌生人又是谁呢?一位新的顾客吗?在点缀装饰了广场并赋予了广场以其名称的那些高柱上,一些鸽子在睡觉。

"朋友,"来人站在人行道上说,"我就不称呼您为大师了,请原谅,我的嗓音有些沙哑,我并没有带来什么好消息。假如您希望我们如此隔着门缝说话,那就这么着吧! 我是在以已经在您心中而您却并没有猜疑到的那一位的名义说话,但是,假如您已经跟他有所交往的话,那我就只求您瞧一眼这张纸,您一定会发现,那上面有一些您原先肯定没有注意到的细节。我在此只举一个例子:您有一些家具,一些地毯,一些灯,一些雨伞,二十种各式各样的器皿,这我都发现了,很显然,您并没有拥有一切,邮购公司的商品名录上所包含的那一切。那些大企业本身有时候也会有所遗忘,有所遗漏,而它们则坚持要定期地更新它们产品的名单,而我们人类的工业,则在不断地延长这些名单的长度,这完全是基于我们需要不断更新的好奇本性。"

"请问,您到底想要说什么呢?"德·凯尔法戴克大师问道。

"我要走向无限本身,"另一位说,递过来一张纸,"免费的。"

听到这句话,德·凯尔法戴克大师伸手接过了那张纸,却并没有去看,而且他一直就没有把门敞开。另一位继续道:

"您从我本人身上就可看出,我是一个对看不见的命运神的存在十分满足的人,而日常生活本来却会把我变成一个恼怒上火的人。我六岁

· 车夫，挥鞭！ ·

时,父亲就亡故了,死于一种肝硬化,它同时也导致了我母亲的死,因为患了病的父亲总是虐待她。一些人甚至还想在他死后继续打官司追究他的责任,因为那个不幸的女人是在他最后的恶性发作时一顿拳打脚踢之后倒下的。一度收留了我的那位舅舅是个怕女人的妻管严,不久后就死于贫血。我十四岁时,国家收养了我,给我穿上了带有镀金扣子的棕色粗呢制服。在我的第一次夏令营活动中,我十分遗憾地在一次海水浴中失去了那位学监,他曾经给过我不少的保护,并教会了我一种我生来就不怎么习惯的爱的实践,但他本来应该更为热情洋溢地把我带向对异性的爱慕。然而,我的体质却始终停留在最脆弱的状态中,我先后得过很多很多病,麻疹,白喉,腮腺炎,猩红热,风疹,黄疸肝炎,百日咳,水痘,这还没有说到支气管炎,以及一次伴随有鼻子出血的慢性咽峡炎呢,后来,我还染上了肺气肿,这毛病还狡猾地顺便一绕,把我带往了肺结核。我在一家疗养院里住了整整三年,后来出来时投入了一个女护士的怀抱,她主动建议,要跟我分享她那刚刚获得的退休生活。她的甜美本来会让我在心中回顾到一个母亲的温柔,或者更有甚之,一位其心地远比一般人慈祥得多的老祖母的温柔,假如我还曾得到过母亲和祖母的慈爱的话。我看不出,这位妻子的身上究竟有些什么,能让跟我同一班组的那帮人对我嗤之以鼻,百般嘲讽的,因为尽管我力气有限,我才是进入了市政公司的清洁卫生队,在那里被人认定是一个干脏活累活重活的人,而那城市则是特别的赶时髦。我的妻子当然有一张紫红色的脸,人们开始看到了她的懒惰,因为她变成了一个秃顶,但人们很喜欢她的习惯,于是,当我那一天亲眼看到她从我的眼前经过,并躺在了一辆接送孩子的校车的车轮底下时,那一刻,先生,我的心中真的充满了一种无比的忧伤。这辆汽车运送的美妙孩子中的一个,在紧急刹车的猛烈作用下,也于同一时刻飞了出去,而且飞得更远,穿越了一大扇车窗玻璃,在我的跟前惨然毙命,喉咙口被割开,从里面跳出来一块这么厚的三角形玻璃片。"

德·凯尔法戴克先生瞧着福音传播人的那只右手,只见他的大拇指和食指之间张开了一段大约一厘米的距离。

"要说,"这位幸运的人接着说,脸上带着一丝微笑,"这还仅仅只是个开端,我的磨难还远远没有完。战争来临了。我当时只有一个念头:跑去保卫我的祖国。可惜啊,他们没有让我入伍,于是,我开始经历了精神上的种种考验,它们可并非那么不严厉。难道我就只是个废物吗?忧伤落到我身上,我重新冒着大溃退的枪林弹雨,我历经战火硝烟。那支没打算要我的军队,被敌人打了个稀巴烂,有一天我终于认定,我的末日来到了。我刚刚开始了我那大逃难的第二十七日,没有吃的,几乎没有水喝,一轮火辣辣的太阳当头暴晒,正在这个时候,我来到了一个战场,我差点儿就要躺在那战场上,渴望睡上最后的一觉,我在战场边上发现了一套军装,有上衣,橄榄帽,挎包,但可惜,挎包是空的,肯定是一个厌包胆小鬼的军服,把它扔在那里,只为了更好地逃命。这对我来说是一个信号。命运规定我得有个光荣的结局,为我提供了我梦寐以求的军服。我赶紧脱下我可怜兮兮的上衣,换上那套步兵制服。我刚刚把手抵在额头上,向一直居寓我心中的那看不见的命运之神行了一个军礼,就发现敌军的一个纵队穿越了我本打算卧倒隐蔽于其中的一大片小麦田。于是,我就阴差阳错地当上了他们的俘虏,当天晚上,我就进了一个战俘营。由于我总是想要对守备的哨兵,对带队的 fieldwebel① 解释我的情况,他们便根本不把我当作一个疯子,而是看成一个装疯卖傻的人,一个心怀鬼胎的家伙。那个该死的星期里,我很倒霉地掉落到战俘营的茅坑里,而当我被强迫动手在越来越扩大的营地周围竖立起一圈铁丝网时,我被铁丝刮破了一个手指头,到了那个周末,我却又回到了要塞中,在莱茵河的另一边。我的模样跟其他人是那么的不一样,迟钝至极,绝望透顶,以至于战俘营中我的那些战友,为了自我安慰,为了确切地增强自信心,都拿我来当笑料,尽情地取笑我,他们不叫我别的,只叫我耶稣。敌人的耳朵在继续偷听我们,东也是耶稣,西也是耶稣,于是乎,他们就把我当作了一个犹太人,而我最终就被扔上了一列只为我一个人才停下来的火车上。我离开了我已经逐渐熟悉的并已经成为我自己生命一部分的战友们,而去见另一些人,去经历一段新的见习生活。我来到了鬼影中间。我换

---

① 德语,意思为"下级军官""士官""军士长"。

上了一个灭绝营的条纹睡衣。这时候……"

德·凯尔法戴克先生对眼前的这个人视而不见,就仿佛那一位只是一片烟雾之帆,而透过走廊的门与墙之间那道狭窄的耀眼日光,他的眼光冷静地扫视了一遍列柱广场。从两根带有凹槽的大理石柱子上,一群鸽子已经展翅飞起,白颜色中同样带有灰色的斑点。支柱那投在沙土地上的短而粗的绿色影子,边缘处勾勒出一圈暗金色,令人回想起在巴比伦做梦的那些树木,粉碎在一片不透光的天空下。那些柱子的神奇起源,赋予了围绕着四方形广场的一座座建筑物的整体一种很有分寸的、很有自制力的、很有距离感的、严阵以待的样子,几乎是一种咄咄逼人的样子,而那些地方,人们在另一种生活中是经常光顾的,它们似乎还要来责备你。在那一边的尽头,裹在一面面火焰形装饰旗中门楣比较低的那家博物馆,依然在时间和空间中后退,带有一副嫉妒的神态,它那黑色的连拱廊更是强化了这一嫉妒,而在它左边,古老的交易所涂了石灰的覆盖式通道,在它那一块块呈不同角度半开半闭的窗玻璃上,反映出喷涌直射的水柱子,那喷泉之柱与广场中央的石柱相映成辉,它细微的声响令人联想到攥在一个兑换商手中翻过来掉过去的钱币发出的声音,恰如人们在古老的故事中读到过的那样,这兑换商心中胆怯,纹丝不动,两眼死死地盯着顾客。种种声响,通过一道道窗户,从室内传出,进一步加强了太阳底下的寂静,阳光生出一片令人难以忍受的阴影,三角形的,在另一边沿,在一座砖塔的脚下。这之外,在两座没有窗户的宫殿之间的深沟中,开通着一条商业街,此刻正杳无人踪,商铺门前的篷帘在发出锌皮光亮的人行道上耷拉下了脑袋,显现出各种各样的颜色,这道路渐渐宽敞起来,形成一个蓝颜色的微型广场,隐藏在一棵棵大树那静悄悄的浓荫底下。恰如木偶中的一根提线拉紧了,叫木偶人动弹起来,一列火车的鸣笛声在近处绝望地响起,把周围的整体切割成一个个碎块。在银色的一片片碎屑中,重新腾飞起一群鸽子。德·凯尔法戴克先生举手搭在眼前。福音传播人冲他微笑着,道出了自己的结论。

"您都看到了,地狱并不存在,"他说道,嗓音很低微,"只要我们的'另一位'能把眼睛借给您就行了,而这张纸会比我更好地为您谈到'那一位'的。您曾以一种如此深沉和敏感的神态听了我的讲述,但是,我这里介绍'另一位'的几行文字,给了您我们聚集在一起向他祈祷的地址,我看不懂文字,因为我自己不会写字,我只是到很晚才有了使用话语的唯一才能。兴许,您早已经成了某一个教会的一部分?而我们,则超然于所有的教会之上。我们接受黑人、白人、公爵大人,还有掏阴沟的人。'主人'让我负责关注新的团体,他刚刚因此而赋予了这个城市以荣耀。我还没能早早地了解您家的内部,但是您家的门槛就已经相当迷人了,甚至,已经相当地高贵了。最后,我要向您强调一下,在法国每年有大约三十万次偷窃,别等着让您的好东西失踪,快把它们奉献给'主人'吧,他将让您远离一切忧烦。荣耀在他!在于您心中他的形象!再会,朋友!啊!您看到我瘸腿了!上个月一个自行车手把我撞翻了。一点儿都没事的!相反,从此,随着我迈开的每一步,从地面到天空,一切都在舞蹈。这是一种令人心醉的甜美!"

福音传播人还没有走下人行道,佛斯蒂娜·鲁瓦斯勒、德·帕斯罗斯夫人、哈利萨尔夫人,以及贝尔曼大夫就拖着慢腾腾的步子,出现在了他家的门前,他们全都穿得很单薄,胸衣和衬衫上都浸透了汗水。见此情形,那男子赶紧打开手中的皮包,给他们每个人都递上一张纸。

"这是什么?"佛斯蒂娜问道。

"这位先生会给你们解释的,"福音传播人说,口中大喘着气,"他现在已经知道了秘密,他应该把这秘密传播给你们。我要去那边柱子中间,水柱边的长椅子上歇息一下,润润嗓子,那喷泉本不是什么别的,就是热情的象征。我要去好好地喝上一口。假如你们需要什么补充的信息,请千万不要犹豫,尽管来叫我好了。我不愿意打扰你们的聚会。你们可以在长春花宾馆找到我,我们的团体就在那里。"

说完,他就走远了,而德·凯尔法戴克先生确实看到了,广场开始跳起舞来。他摘下了门上的保险链,让他的客人们进屋。

"一个被宗教幻觉迷住了头脑的人,"他说,开始洗牌,"佛斯蒂娜,请把这张纸放下。"

"可这是一张白纸啊。"佛斯蒂娜说,冲着亮光瞧了瞧它,生怕上面有用隐形墨水写的文字。

"怎么回事?"贝尔曼大夫说,"他们的团体安顿在了长春花宾馆吗?这一定花费了一笔巨款。"

"反正我是看不出来,"德·凯尔法戴克先生补充道,"长春花夫人会把她的四十五个房间作为礼物送给随便什么人的。"

"您认为这事情做得很严肃吗?"德·帕斯罗斯夫人说,"按照那些到处都在关闭的老教会的样子,创建一个新的教会?"

"一个有四十五个房间的教堂,"大夫说,"这毕竟很值得人们深思。总而言之,美德的最好土壤……"

"我们还玩不玩牌?"德·凯尔法戴克先生问道。

他发起牌来,提醒朋友们注意规则,但他自己却心里很没底。佛斯蒂娜掏出了一个小本子,为她的情人画起素描来。

"美好的话语是世界上最为共同的东西。"德·帕斯罗斯夫人又说道。

"我很愿意像这个男人那样轻松自如,"律师说道,"有口才,有思想,有信念!"

他们全都转向了窗户中的那个睡梦般的广场。福音传播人巨大帽子底下那纹丝不动的身影在窗户上呈现出一个黑点,而塔楼的影子开始向它慢慢地靠拢。

"真是奇怪,"大夫说,"这个影子跟太阳好像并不搭界嘛。"

"确实如此,"哈利萨尔夫人说,"人们恐怕不会说,是您那位拜访者的影子在毫无任何理由地靠近它吧?您曾经让这男人进您屋里来了吗,艾尔维?他没有偷走您什么东西吧?"

"他一直留在门外的人行道上,"德·凯尔法戴克先生说,"兴许,那些被宗教幻觉迷住了头脑的人都有一个很特别的影子。我过。"

"我出两黑桃。"德·帕斯罗斯夫人说。

"好的。"贝尔曼说。

德·凯尔法戴克先生不吱声了,洗着手中的牌,又走到窗户边,鸽子们已经纷纷地离开了柱子头,而飞向了福音传播人的帽子。它们一冲一冲地在帽子里啄食着什么,然后就飞走,直到那人从衣兜里掏出谷粒放到帽子里后,它们这才又飞回转。

"你们都看到了吗?"凯尔法戴克有些担忧地问道。

其他人一拥而上,竞相观看西洋景,看到后才发现,那确实并不一般。

"这男人受了很多苦,"凯尔法戴克先生说道,"他的失败挫折累积起来,一时间里竟让我耳朵里什么都不再听得进去了。世界变成了一种寂静无声的绘画。就仿佛所有的人全都被涂抹掉了。"

"确实如此,"贝尔曼大夫说,"当我们来到那广场上时,它确实空空荡荡的,没有一个人。"

"那里,通常都是空空荡荡的,没有什么人!"哈利萨尔夫人说,她可颇有些吹毛求疵,"这里,唯一的运动,就是那些鸽子的飞翔,还有那只手的移动!"

"一个平日里那么熙来攘往的广场!"佛斯蒂娜指出。

"我得好好地打听打听,长春花宾馆是怎么回事,"大夫继续道,"我们怎么就一点儿都不知道呢?"

"玩女人的妓院都快要变成一个玩戏法的剧院①啦!"佛斯蒂娜高声嚷嚷起来。

"是啊,我们赶紧重新算分,再来一次吧。"哈利萨尔夫人说。

但是,就在要离开窗户的那一刻,他们看到那个福音传播人站了起来,从自己的衣兜里掏出来一块手表,瞧了瞧时间。在把手表放回去的时候,手一抖,表掉到了地上,每个人都听到了玻璃破碎的声音。福音传播人从地上捡起玻璃碎片,在手心里仔细查看。阳光照下来,从他手里发出一道扇子形的巨大光芒,那男人紧握着拳头走远了。

"他流血了,"医生说道,"他受伤了! 他病了!"

确实,鲜红的血一滴一滴地流到了沙土地上,血一滴落到地上就被吸干了,但是,它们的滴落在视网膜上留下了一条条红色的血丝,一段时间里,在柱子之间,长出来一种奇特的麦子。

当那陌生人刚刚在连拱廊底下消失殆尽,广

---

① 这句话在玩文字游戏:"玩女人的妓院"和"玩戏法的剧院"在法语原文中为"la maison de passe"和"la maison de passe-passe",为同一个词形。

· 车夫,挥鞭! ·

场上就出现了一个行人,接着就是另一个,然后出现了一对男女,在那里嬉戏欢笑。天空突然放晴变暖,一朵朵云彩悠然飘过。一队人从博物馆里出来,其中有一个穿着阿尔萨斯民族服装的女郎。她递上一块手帕给一个男人,让他拭擦一下他的眼镜。一条狗在喷泉池接水的盛水盆中喝水,四周的嘈杂正是星期六的那一种,嘈杂声被一队拼命摁响汽车喇叭的婚礼车队所打断。男孩子们在玩弹子,小姑娘们在塔楼那重新变得正常的影子里玩着跳房子游戏。广场尽头,人们能听到坐在树荫底下桌子前喝酒的人们的尽情欢笑。

"你能允许我打个电话吗,艾尔维?"贝尔曼大夫问道,"我要给长春花宾馆打个电话。"

"我这里客满了,"长春花夫人说,"您要知道,有集市的日子里总是客满!请问是不是只需要不长的一点时间?"

大夫挂上了电话。

"终于,你们都看到了,我这可不是在做梦,"凯尔法戴克说,"你们可都是证人啊。"

"有些时候,人们会停下来,然后消失掉,"德·帕斯罗斯夫人说,"就如同某些骤然降临的绝对沉默会给一场会话带来死寂一般的停顿。"

"他有一个很难描画的脑袋,"佛斯蒂娜注意到,"然而,它却很能挂得住光线。"

"就像这些白纸。"大夫一边说,一边揉着那些纸。

"普通人的脑袋呗,"哈利萨尔夫人说,"总之,艾尔维,您是不是见他面见了很长时间?"

"他可是尝遍了天下所有的苦难,我似乎觉得。"律师说道。

"是啊,但是,说得简单一点,他到底怎么样?"

"很幸福,"他说,"当然是那样的啦。"

他们重新洗了牌,一度被人当作了一个星期日的星期六,重又变回了星期六。

宵　禁[*]

　　我已经在什么地方见过这张脸,一张岁值暮年的男人脸,不过,我还从未将它放入昔日岁月这个拼图板中去! 它东露一点,西露一点,却在整体上变了形,闹得我心神不安。给这脑袋盖一顶帽子,再换它一顶,给这中等身材试穿五花八门的衣裳,把这人安置在一个大厅中,一个火车站内,一家旅馆里,一条林荫大道上,或是在我眼下施工的港口中,种种尝试折腾得我头昏脑涨。我越是竭力想忘却他,他就越是无处不在地显现出来,要不

---

[*] 本篇《宵禁》(*Le couvre-feu*)选自短篇小说集《过客》(*Table d'hôte*,1982)。

是那些日子里又突然碰上了他,并在随后的几星期里接连和他打了几次交道,这事儿给我带来的结果也不过就是自己骂自己记性糟糕,仅此而已。

当时我正休假。那一年我心血来潮,决定骑自行车在法国兜上半圈,过一过游荡不定的生活。我先是在敦刻尔克见过这张脸,后来在昂热①,在奥尔良②又看到它。当我漫无目的地重新背上——只因突然惦挂起我那工地的复工问题来——时,我又在普洛文③和贝尔格④碰上了他。我通常并不是在孤独的时候,或是在空荡荡的大街上,处于消遣才安安静静地在速记本上画下一个店招徽章,一个小阳台,一个和谐的墙面,或是某种新奇的小玩意的;相反,每次我要画什么,总是在人群杂沓的地方,在集市场,在咖啡馆,在绝没有他出现监视我时。我总说不出他那目光黯淡而难以捉摸的眼睛究竟是什么颜色,也不知道他的嗓音是清还是浊,脸部有什么会给人留下印象

---

① 昂热,法国城市,位于法国西部。
② 奥尔良,法国城市,位于法国中部偏北。
③ 普洛文,法国城市,在巴黎以西不远。
④ 贝尔格,法国城市,在法国北部。

的习惯动作。他的侧脸非常漂亮,这明摆着,带着忧愁和刚毅的神态。一天,我和一帮同事回到我自己的工程师办公室,那是一间带有一长溜门窗的房间,位于一幢初具规模的塔楼的顶层,向下可以俯瞰整个码头的船坞。周围的塔楼都矗立起了钢筋骨架,不久的将来也将建成一模一样的姊妹楼,把我们的楼团团围在中间。我刚进办公室,电话铃就响了起来。我从桌子上一把抓起听筒,周围是工地的一片嘈杂声。

"是的,我就是瓦诺。"我说。

"您是一九四五年三月出生的吗?"

"是的,请问有什么事,您是哪位啊?"

"我的姓名对您毫无意义。"

"请大点声,我听不清楚。您稍等一下好吗?"

我走到电梯旁的平台走廊上,在那里又听到了这个嗓音,完美纯正的法语,声调悦耳,略显生硬,稍稍带着送气。

"我想证实一下,"他说,"今年夏天我在好些个城市里多次见到的人确确实实就是您。您是个非同一般的小伙子,您可以桂冠加顶,锦袍加身了。"

"承蒙夸奖,"我打断了他的话,"不过我正忙着呢,请问有什么事吗?您在哪儿打的电话?"

"我就在城里,不太远。我只是想跟踪您,想发现您生活中的某个时刻,了解您的生活方式。请问您是一个人吗?"

"是的,"我颇有些不耐烦地说,"不过,您这话是什么意思?"

"假如您订婚了,结婚了,我也会知道的。反正还没有一个女朋友一路上陪过您,也没有小伙子陪您,也没有同伴和您一起去远足。您是一个人单过。"

我啪的一下挂上了电话听筒,朝办公桌走去。但陌生人那轻飘飘的、精心矫饰的嗓音仍在我耳际萦绕,并和那曾令我吃惊的、清晰的、微微有些游离的眼光合成和谐的一体。这一跟踪意味着什么?我想了半天,却寻不出一条理由来。我的生活平静而有规律,唯一的癖好便是工作。如果说,一个没有感情上的眷恋,没有金钱上的债务的人,是让人疑惑不解的疯子的话,那我就是这样一个疯子。我在一幢由我自己设计的住宅楼里有一套公寓。每当憋得慌想看戏听音乐时,我就去巴黎跑一趟,并趁机去看一看、亲一亲我的母亲。多年来,她看起来一点也不显老,她总是在教小提琴课,开音乐会。

"室外还真的不错,"她对我说,"可是室内!地基和屋架才是最要紧的,我不是想教你明白这一点!对了,我总是施加很大影响。"

我母亲只是在那些场合,在我和那帮总围绕着她转的先生们一起戏弄她时才露出笑脸。很小的时候,我就叫她姬特,我一直这么叫,从来不叫她玛格丽特。

"我还是那样,很好,"她说,"我有我的学生,我的听众,还有那些我从不会感到厌倦的乐谱,还有你,你的来信,你的看望。其他我就无所谓了。"

在我遥远的记忆深处,她出现在一些白色的、金色的乐段周围,那是一间阴暗的客厅,在那儿,和母亲一起,我读过了我最美好的儿童时代。一个女管家照料着我们,从收拾房间到做饭做菜,都是她一个人干。我老是听到她身上带着的两把呈叉形的钥匙发出的响声,一把是她的,另一把是我们家的。她不在我们家睡,但看起来好像从不离开我们家。我们家有四间房,从一扇窗户望出去,可以看到歌剧院顶上手舞足蹈的阿波罗雕像。大钢琴总是摆在那儿,每当妈妈为某个学生伴奏,或是当她想培养培养我时,她就在那儿弹上一会儿。但我从未显出过有什么音乐才华。每当走过钢琴,我就用一个手指或者两个手指在琴键上拖着滑过去,这也是惹得我妈妈发笑的第二个原因。一幅童年莫扎特的版画在墙上放光。我只是在很久之后才看出室内的气氛是何等严肃,唯有一束不断更换的鲜花才稍稍带来一丝柔和的色彩。我外祖父母的照片使我们——我母亲和我——回想起,我们并非是由奇迹而降临在这个世界上的,而是这对严肃的、在一棵美丽的树下手拉手的老人给了我们生命。

陌生人来电话之后的第二个星期,我驾驶小艇到港湾转了一圈,并拍了几张海滨林荫道的照片。当我中午时分归来时,一个新来的电话又搅得我心绪不宁。

"我只是想对您说,没有任何神秘的事,"话筒里的声音显得很微弱,甚至有些支离破碎,"我开车跟随过您,我本想这事儿不那么难办,可您有时候时速达到了五十公里。"

"您想对我干什么?"我问道,"您到底是谁?"

"一个……朋友,您父亲的一个朋友。"

一阵久久的沉默。沉默中我什么都没想,仿佛有人狠狠地给了我一闷棍,然而毫无痛苦,毫无焦虑。

"我只是想安排一次会面,"他接着说,"您丝毫不用害怕。"

"您在哪儿呢?"我问。

"在巴黎。我会再打电话给您的。"

他挂上了电话。八天中,我无法正儿八经地工作。他的身影挺突在我的铅笔尖上,绕过每条街道的拐角,混入餐馆里人群的涡流,突然出现在我的房间里,在窗户上,在我刮脸时面对着的镜子中,在跟我一起上工地干活的同行背后。他们问我,究竟出了什么事?为什么闷闷不乐?为什么心不在焉?我怎么就陷入了沉思,没有听见他们的话?我这个平时不饮酒只喝水的人居然也一杯接一杯地痛饮起来?我克制着自己的欲望,不给姬特去电话。那将会产生何等的难堪,何等的困惑！她从未跟我谈起过我父亲。我们只知道他是一个过客,跟古代历史中的人物一样遥不可及。他没有任何的肖像,对于他,我不能说记忆被冲淡,被抹却了,因为从来就没有过记忆。在人生各个不同的阶段,每当我见到别人的父亲,我就觉得,父亲对于我就像是大雨之前的乌云团,它是那样沉重,将你团团裹住,预告着暴风雨的来临,在它那灰色的远方透出大祭坛上光轮般的直射的光芒;但是这风雨只是一种息事宁人的遗忘,一种神圣物景的再现,只是教堂拱顶上湿润空气的抚摩,而我的母亲再不带我去那教堂了,她被遗弃了,她把自己封闭起来,只给自己保留着人们还能在那些肉色的、半开半合的漂亮贝壳里听到的原始的风波浪涛之声。一天晚上,我自个儿模仿着陌生人的声调高声说着这句话:"我是一个……朋友,您父亲的一个朋友。"突然,我确信无误地意识到:他的这一犹豫分明掩盖了一个谎言。那人就是我父亲。每天晚上,我一反常态,再不去想那些门桯、混凝土、撬压、窗洞、定向等技术问题,相反,那个给了我生命的陌生人——因为我不认为我会成为一个崇奉幻象者,或是一个诈骗犯手中的玩具——却在我面前竖起了一座无法完成的建筑，一座与我所熟悉的生命完全不同的生命的建筑，而他正掌握着它的钥匙和秘密。他想为我打开一幢什么样的房子呢？他为他自己，为姬特，为我，为我们三个合起来的人寻找什么呢？是什么样的悔恨驱使他到我们这儿来的呢？他是不是在自己可能获得的权利上打错了算盘，而自己却浑然不觉？他是不是只想着自己的责任？他想寻求什么样的宽恕？什么样的避风港？或者，仅仅是出于某种姗姗来迟的好奇心？

"喂，请问您就是让吗？"

"对呀，"我说，"我正等着您的电话呢。请您不要再胡闹，把这一把戏再拖延下去了。如果您感到有罪过，就别再犹豫了，直说吧。"

"什么把戏？什么罪过感？请允许我先给您讲一个故事。一天，我丢失了一枚戒指，十年之后我又找到了它。您的父亲……"

"先生，"我说，"我母亲可不是一枚随便遭人遗忘的戒指，三十年之后又突然在一个抽屉里被发现，并且多了我这么一颗附嵌的珍珠。"

"我理解您可能遭受过的一切，"他说，"但是,事情并不是您想的那样。我们什么时候能见见面啊?您说去哪儿都成!我建议去海滩,除了沙丘、海风,就咱们俩,什么多余的也没有。眼下这个季节,我们不会遇上人的。"

我答应了海边约会,地点离比利时边境不远,就在一个军人公墓附近,时间是下一个星期六的早上。走下汽车时,我的心怦怦直跳,几乎就要从我的嗓子眼里跳出来了。那个人已经在那里了,个儿不高,比我以前见到的好像要更魁梧一些。他身穿一件短短的皮大衣,灰白的头发在风中飘卷成涡形。他朝我迎上来,向我伸出手。他好像显得更年轻了,目光不再那么模糊,眸子呈现淡淡的蓝色,额头上横刻着好几道平行的皱纹,脸上露出甜甜的微笑。我握住他伸过来的手,一下子感到一股非同一般的力量。尽管他急匆匆地迎上前来,但他还是在最后的一瞬间控制住了间距。一眨眼工夫,他贴紧了我,又松开了我,将我归还给了自由。我觉得我们就像是两个间谍,仅仅有时间互相递交一下情报。我等着他开口先说,心想他肯定要问我母亲的情况,但他却对我说:

"我完成了一项任务。"

· 车夫,挥鞭! ·

我们走着,狂风夹着沙砾抽打着我们。好一阵子,我们俩都相对无语。后来,他迟迟疑疑地抓住了我的胳膊,仿佛怕我会拒绝似的,我由他拉着胳膊,我们的步子慢了下来。他有多大年纪了?要是说我错认了他,那么他是怎么认识我父亲的呢?在这随心所欲地嬉戏着、起伏着、自我鞭笞着的狂风中,我仿佛听到了母亲美妙的叹息声和欢笑声。

"您对自己的职业还算满意吗?"他问我道,"他很想知道。"

"是的,我挺满意的。"

"您曾梦想着的就是它吗?您是怎么选中它的?"

"中学时的一次会见,"我说,"是一个朋友的叔叔。"

"那么音乐呢?"

他这是在拐弯抹角地走向姬特吗?

"我在以另一类旋律,"我说,"以另一种乐谱搞音乐。我没有继承我母亲的天赋。"

"也没有继承您父亲的天赋。"他微笑着说道,他的语调尽管带着滑音,却显得更生硬了。

厚厚的、曲里拐弯的下唇,有棱有角的上唇,给了他一张半为天主教徒半为清教徒的嘴巴。

"他是一个怀着一颗破碎的心的人,"他说,"他是种种历史事件的玩具。"

"不过,他怎么会找到我的踪迹的?为什么又等待了那么长时间?"

"历史事件!我刚才跟您说了。我轻而易举地就寻找到了您的母亲,但我没有惊扰她,没有打算跟她说什么。他不想那样。他只是想找到您。我住进了公园附近的栅栏旅馆,瓦诺夫人家的窗户正好对着这座公园。要不是旅馆门口的一块小铜牌上刻写着,还有旅馆窗户的拉篷上印写着大写字母'H.G.',那就没有任何迹象表明,上城区还有这么一个旅馆。"

"我知道,"我说,"有几个晚上,我母亲举办音乐会时,我就替同事们在这家旅馆订过房间,我既不想错过,也不想不和别人分享欣赏音乐的机会。"

"我发现了您,"陌生人面带微笑地对我说,"我认识您的小汽车,知道您喜爱骑自行车,还熟悉您的住所、办公室,您常去的餐馆。但是您别害怕,我现在并不是在向您吹嘘我的侦探技术。"

"那我倒要问问您,"我说,"您的调查有些什么结论?"

"好极了。您显示出一个积极、强壮、稳健、令人兴奋的男子形象。总之,与您父亲完全相反,不过,他倒也经常是这样的。"

"我母亲或许也算得上是这样吧,"我说,"我从未见她沮丧过,相反,她嘴里总是在哼着一首曲子,她跟她的小提琴唱得一样多。好吧,您想干什么呢?"

我停住了口。他还在滔滔不绝地说。我本该掉转脚跟就走人,忘掉这个稍稍驼背的人。在我们这次见面以后,他似乎就已经冰消雪融了。我始终怀疑他的真实身份。他说的或许是实话,他只是个刺探情报的使者。无论如何,骨血之情本算不了什么。我想着想着突然就笑了起来。好奇心占了上风。我喜欢上了这陌生人的音调、语气,还有使他的脸颊生出皱纹的焦虑。感觉上的不适一旦消失,本该令我心烦意乱的会见就开始不是让我来劲,而是使我陷入于戏剧中常说的那种复杂的情境之中。那张曾在我旅游途中对我颇具威胁的脸,顿时失却了任何危险,反倒变得十分令人怜悯。的确,陌生人完全可能永永远远地消失在沙丘上,只给我留下一个毛絮般轻飘飘的记忆,丝毫不比在小旅店中偶遇的同桌用餐的过客留下更深刻的记忆。我们不是经常遇到与我们同桌就餐的旅客吗？他们趁机倒一下旅行包,包里头掉出几枚硬币,我们不知道,也永远不会知道,这钱从哪儿来又会到哪儿去。他们转身告别,并问是否打扰了我,因为这并非他们的目的。是咸味的海风？是沙砾？他好像快要哭了,但他拍拍手,就像一个小学教师向学生们宣布课间娱乐的时间到了。

"不,我在听您说。"我说。

"这个人并不想见瓦诺夫人,更不想吓着她,"他说,"问题在于,您是不是同意跟他见一面,是不是想听听他会告诉您的一些事,一些跟您的出生有关的事。这是他得知您功成名就时的唯一愿望。在这世上,没有人会对自己的来历不感兴趣的,就算他把自己的降生归于偶然,就算他不相信别的,只相信天命,就算事情对于他只是现在这个样子,时光照着他的意思流逝,就算他顺流而下,只是凭借激流的冲力和流量改变自己的游泳姿势!很显然,我想您将会大吃一惊的,不过,我会帮您做好思想准备。再说,这对您对他都一样。您在想,这个健忘的人将向您保证他无时无刻不在想象您是怎样的一个人!"

"确实,人们怎么会在多年之后突然想会见一个对他的生存与否都说不准的人呢?"

"您今晚有空吗?"他问,"您熟悉奥尔蒙城堡吗?"

"在弗兰德公路边的豪华酒店吗?"我说。

"他将在那里等着您。请在晚餐时到达。"

那一天我无法专心致志地工作。当然,此后的好几天里,我也像丢了魂似的。整整一个下午,我都在犹豫,要不要给我母亲挂个电话?但是,跟她说什么好呢?怎么开这个口呢?事至如今,我仍不免有一种滑稽的感觉,似乎这次遭遇仍会是一出闹剧。她会给我什么建议呢?也许我是不会听从的。一向来,她总是让我自个儿拿主意,总是事先就为结局鼓掌,不管涉及的是学业,是友谊,是宗教信仰,是感情生活,或是其他。我总觉得,反倒是她成了我的孩子。我总是把她攥在手中,她高兴地、轻松地任我拖来拖去,因为我是她的男人。从我懂事起,我就没见过一个能被她接受的男人,我对她那些来家里演奏三重奏或四重奏的朋友从不感到嫉妒,孩子的嗅觉通常是不会错的。我只有过一个情敌,那就是少年莫扎特,他的肖像由她细心地挂在钢琴上、客厅里和她的卧室中。跟她说什么好呢?我第一次感觉到我们曾濒临的深渊,感觉到我们没有谈到的空虚,我不会突然间让她转身面对着这遭人遗弃的、冷月般凄凉的、死气沉沉的景象,面对着她的生命力在此有过唯一一次爆发的景象。

我绕了一个急弯回到住所,精心打扮了一番,感到自己的身心比在海滩上时不易那么受到伤害了。粉红色旧砖砌成的奥尔蒙城堡突兀在城壕之上,紧贴草地的一长溜灯光照得它朦朦胧胧,一行榆树的遮阴使城堡的夜色更显浓重,好像笼罩在戴了孝似的灰蒙蒙的夜空中。各种外国牌子的汽车在最后一排树下停泊着。一个身穿长大衣的守门人摘下他的大盖帽,接过我的车钥匙。陌生人在一个大厅里等我,大厅四壁的镜子无穷无尽地反映出带有长长水晶薄片的悬挂式分枝吊灯。一

· 车夫,挥鞭! ·

种令人产生无穷遐想的光线。

"来点利托里纳①怎么样?"他说道,递过来一只水晶玻璃的高脚酒杯。

"我们管它们叫比戈尔诺②,"我说,"很高兴,不过,我怎么只见到两套餐具?"

"该摊牌了,就我们俩,"他说,"您一定有所猜疑了。不过,我觉得还是让另一位在咱俩中间存在几天为好。请您原谅我的这一小小花招,我敢断定,您当初就没有受骗。"

我向他保证,我实际上并不知道更多了。不耐烦、好奇、恐惧、惊讶、轻蔑、厌烦,以及重新生出的兴趣——从他一出现,我就经历了这种种情感——使我头晕目眩,而并未让我产生多少疑惑,而现在,我差不多已经厌倦了。我看不出凭什么我可以把父亲这个名称赋予他。对我来说,父亲应该是儿童时代的一个朋友,忠诚而又操劳,即便在他失踪时,在他被遗忘时,他也永远在你的身边。但事实并非如此。

---

① 原文为"littorines",俗称滨螺,是一种海生贝壳动物。
② 原文为"bigorneaux"。

我终于答应和他对话了,我习惯于不干则已,一干就一直干到底。

"请接受这一事实:我是为我一人而来的,"他说,"您可以骂我,但请耐心地听我说完。我一直不知道您的存在。我叫瓦尔特·弗拉姆。"

他脸色苍白,失去了自信心。他的嗓音甚至变得有些粗鲁,而刚才,他的声音中还有一种悦耳的音色,像是某种轻松的咏唱。

"事情不算太早,"他说,"可以追溯到今年年初。当时我去达姆施塔特①处理一桩遗产案,对了,忘了说了,我是个诉讼代理人。我本该在当天晚上取道前往维尔茨堡②,因为那里有些问题需要研究,但我却接受了我的委托人的盛情邀请,出席了一场音乐会,有一帮法国人来演奏。"

"先生,"旅馆老板走了过来,"请原谅,打扰了,请问你们要点什么?"

"我不饿。"我说,让瓦尔特·弗拉姆点菜。他拿起菜单,一心想点几个好菜。

他几乎就没有吃几口菜,侍者就把差不多还

---

①② 德国城市。

· 车夫,挥鞭!·

没怎么动过的盘子撤了下去。领班先后两次来到我们跟前,装出一副落魄王子的神气,问我们有什么意见。瓦尔特·弗拉姆对他说没有意见,便不让他再来打扰。

"人们把这些音乐家安顿在城里的一些人家,绝大多数的知名人士都争着这份荣耀。我的委托人接待了一个长笛演奏者,他长得跟我们的腓特烈大帝①十分相像。那天晚上,我们和他一起畅饮直至深夜。我一个劲儿地向他打听那个年龄最大的女小提琴手的情况。我说,她拉的小提琴音色出奇地美,结果我再一次证明了,同一个团里的音乐家对他们同伴的生活几乎一无所知。我只了解到她叫玛格丽特·瓦诺,有一个当工程师的儿子,或许是个建筑师?乐团的组织者也谈不出更多的情况,然而我已不再做梦,我已经清楚了。在整个音乐会中,我对这位女士着了迷,她的脸庞,她的风度。她有我这把年纪了,肯定的。但我从她灰白的头发中看到几绺往昔的浓黑的秀

---

① 腓特烈大帝(1712—1786),普鲁士国王,1740 年至 1786 年在位。

发,在她严峻而多褶的脸上,我认出了她那我只见过一天的无忧无虑的面容,还有这挺拔而结实的身子,请原谅我这样说。"

他瞟了我一眼,但我无动于衷。

"那是巴黎解放前的一个月,"他接着话茬说,"当时我是德军情报处的一个年轻的上尉,住在吕泰西亚旅馆①。为了我唯一的重大爱好——音乐会,我时常脱下军装换上便服出去。我获得了准许这样做。我的小心谨慎居然还影响了几位同僚。那一次是在夏特莱剧院,由一个德国乐队演出交响乐。我遇识了一位单身的年轻姑娘。我们在大街上度过了一个炎热的夏夜,毫不顾及宵禁令。我们像小偷一样,从一个花园潜到另一个花园。天文馆,杜伊勒里宫,那是我一生中最最纯洁、最最紧张的一个夜晚。我把玛格丽特送到她租居的寓所,离老天文馆不远,在一条狭窄的小街上,街道散发出天竺葵苦涩的气味。我对她说:'明天见。'我们累得再也站不稳脚跟了。清晨回

---

① 吕泰西亚旅馆在巴黎,第二次世界大战德军占领巴黎后,这里曾是德国军官的集中居住地之一。

· 车夫,挥鞭! ·

到军营后,我就接到了开拔前往德国的命令,上午十点钟,我随情报处的一半人员走了。大约三年后,我又来到巴黎。那房子里住着一个波兰裁缝,他什么都不知道,那个新的女看门人,也只能谈谈原先那个女看门人的情况,说她在起义暴动时被人勒死了。我的心中只留下了一段回忆。"

他要了一瓶科涅克酒①,我一连喝了好几杯,尽管瓦尔特·弗拉姆讲了他的奇特经历,但在我眼里,他仍是个陌生人,人群中的一个过客,我再也不奇怪总是感到以前曾在哪里见过他。我的心中甚至生出某种轻蔑,还有某种怜悯。怎么剥夺他三十五年的岁月?只有一件事使我感兴趣:我将开着汽车溜走,几个小时以后,我就会知道瓦尔特·弗拉姆是不是认错了玛格丽特。我只想赶紧走开,不再看到他。我对他没有一点儿兴趣。但他胳膊肘撑在桌子上,又说了起来。

"我是个鳏夫。我有三个孩子,大儿子和我一起在事务所工作。另外两个是女孩,她们分别

---

① 原文为"cognac",是法国科涅克地区生产的一种白兰地酒,又译为"干邑"。

研究考古学和人种学。我们大家在家里都讲法语,是我坚持要这样做的。"

我期待着他邀请我在愿意的时候去他家一看,但是一个个紧凑的句子从嘴里说出后便溜得无影无踪,就像他吐出的雪茄的烟雾。

"达姆施塔特的音乐会结束后,我不敢在人声嘈杂的后台靠近您母亲,不过,她看到我在瞧她,看到我呆呆地动弹不得,看到别人不得不把我拉走。她也在犹豫,她也动弹不得。但她认出了我,我知道。我想对她说,我一生只有一个真正的夜晚,相比之下,此后我经历的那些最生动的夜晚,也就只能算是其苍白失色的摹本,现在,我想我该走了。"

他站起身,既没有向我伸出手来,也没有任何动作表示。他的脸白瘆瘆的。突然,我觉得他很美。我并不明白是什么使我从天平的一个托盘跳到了另一个托盘!我想为我母亲补充一个什么样的偏爱?我把桌上的餐巾揉成皱巴巴的一团。

"再见。"我直愣愣地说。

"瓦尔特·弗拉姆,维尔茨堡的诉讼代理人。"

· 车夫，挥鞭！·

黎明时分我叫醒了母亲。她来给我开门,尽管她风韵犹存,我还是发现她确实老了,第一次真正地发现。

"出了什么事?"她的语气里充满了焦虑。

"好些日子来,一个男人老是来纠缠我。他最后找到了我。我和他一起吃了饭。"

"那么,后来呢？你说呀!"

"我不知道,我已经再也不知道了。他跟我讲到了1944年的夏天。"

"瓦尔特!"妈妈说着,一把就把我紧紧地抱住了。

马雷朗热先生的乐谱[*]

月光洒在街道上,路面仿佛铺上了一层玻璃;几堵墙挺在一旁沉睡,像是随时随地都要坍倒下来;花园发出一股深井般的腥涩味,沿着街边凸齿状的人字墙一点一点往上升,上升中又时时带着凝重的滞降;在兔子那血管和细毛混杂不清的耳朵里,连污垢和珍珠质都是湿漉漉的。在一片阴湿的寂静中,马雷朗热先生正盼望着他的妻子今晚上再次出现,还像前几次那样活生生的,但要和他待得更久些,而不是连个招呼都不提前打一下,

---

[*] 本篇《马雷朗热先生的乐谱》(*La Partita de Monsieur Marellange*)选自短篇小说集《过客》(*Table d'hôte*,1982)。

· 车夫,挥鞭! ·

也不说一声再见,只是再一次请求他原谅她没能替他生个孩子,就在街角销声匿迹。

自她去世十五年来,她一直跟他开着这种她生前从不敢开的玩笑。她是温柔与体贴的化身。他当然很爱她,但他有自己爱的方式,没有人能对此作什么评价。既然她把自己给了他,给了他一个人,连同气息都给了,那还有什么可说的呢?多少回他欺骗了她,把她带到船上,怀着疚意抚摩她,一边忏悔,一边赞誉她。这一次次忏悔都触痛着她的灵魂,她使劲想把它们忘掉,但每次她都被更痛地触及,被折腾得更虚弱!他总是后悔不及。虽然他根本不信人死后还能活着,但他仍竭力想使自己得到宽恕。他坚信,宽恕是可以永无止境地一再给予的,就像生活中的时日,每一日都是新的,每一日又都是相同的。他从来没有对她说过那么多的话,他从来没有那么认真地倾听她的心声。尽管渐入老境,他的躯体,他的心,他的腰仍充盈着活力,痒酥酥地像要喷出生命的汁液。如今偶尔也有些时候,他不得不倚靠在一堵墙上,倚靠在环行大道的树干上,抓住一根栅栏或是大门上的扣环,才能不让自己瘫倒下来。通常,在这瘆人的一刻,神奇的显形就将出现,任凭茫茫黑夜笼罩着马雷朗热先生的灵魂,笼罩着城市。城市静悄悄的,只有一只穿街而过的猫发出一阵颤抖,一扇玻璃窗后钢琴的最后一串琶音戛然而止,一阵风儿吹过,传来几下脚步声,像是被回声推撞着。偶尔,空中飘来一声叫喊,不知是出于一段梦话,还是来自一番吵嘴,是一记呼唤还是一句道谢。

西尔范·马雷朗热习惯于深夜外出,只有偶尔身体不适时,如髋关节疼痛或是流行性感冒,他才闭门不出。一到街上,这个从未成熟过的人便感到回到了自己的儿童时代,觉得自身充满了力量。城市变成了舞台和布景,而他则在那里头导演着一出似曾相识而又不断翻新的成功戏剧,那原本可以预见的结局每次都因意外未料的落幕而离他逝去:一阵战栗或是一声鸡鸣,因为他左右不了时间。但他有时也飘飘然仿佛变成了一架宇宙探测火箭,一往无前地在冰冷的奇妙世界中遨游,从一个行星奔向另一行星,飞往那些不断聚集、向后退去的群星。他也像她一样,来到了每时每刻不断增添着人口的空无境界中。他感到自己在制造无限,成为无限的一部分,成为无限的源泉。玛丽·马雷朗热是个由陌生星体组成的一个星座,每见一次面,它就减少一些转速,并放出一道崭新的光。她唱的这是什么样的不孕之哀歌哟!每次玛丽显灵时,西尔范都要自问:一个多少被人爱着,多少有人知道的人死亡后,是不是会把她财宝的唯一钥匙交给我们?她会不会怀着痛苦的心情感谢他终于离开了灰蒙蒙的城市、狭窄的屋子、发霉起毛的房间、贫瘠的花园,而走向那些色彩缤纷的大路呢?要知道,她正在那闪烁不定的星光中邀他前往这一条条的五彩路呢!他会不会忘记鳏居初期自责几乎没有什么东西献给玛丽——她的不孕正好是对他的绝妙回敬——时的内疚心情呢?既然她把一切都给了他,既然他听任她的摆布,那么他当然就该属于她,把自己整个地奉献给她,和她心心相通,生死与共。

今晚,他将重见她的面。只是在这钻石般宝贵的时刻,他心中仍有一点点缺憾,一个唯一的非难:在抛却了如此热烈的火焰之后,无比崇高的造物将无缘无故地消逝在盲目的污迹中。一阵清风,风向标的嘎吱声,骤然而至的大雨,夜莺柔软而凝重的飞翔,蔽障着黑夜的高傲眼睛的云团,腿脚的瘙痒,从手中脱落的拐杖,这千千万万的小玩意儿会像一枚别针的刺戳使梦幻的景象瘪气一样,使她在他眼皮底下突然消失殆尽。

西尔范·马雷朗热小心地锁上门,走到街上,一只猫正从街上蹿过。邻居家墙上的常春藤在夜色中黑黢黢地爬满了一大片,有的地方略呈灰色,仿佛坚强如钢。夜在街道的路面上发出青蓝色,在幽灵的衣褶上蒙上一线丝绸一般柔滑的色彩。玛丽快要出现了,她奉献给你,你却摸不到她,就如当你背靠着窗户所看到的书房中下午的阳光一样,它是存在的,然而又无法碰触到。

马雷朗热先生是个笔迹研究专家,常在自己的书房里潜心研究某个陌生人的笔迹,把检验结果报告给医生,当然,有时候,他也会向警察,向某个好奇的家属,或某个焦虑的政敌,向跟他研学字迹学的学生提供一下他的研究成果。也有时候,他纯粹是为了自己的消遣需要。

一架飞机划过布满了一片一片小云团的夜空,云缝里断断续续地露出机身上有红有绿的航标灯。街边的围墙、教堂的钟楼以及标志着前市区中心的方尖碑伴随着黑色的夜一起在升高。马

· 车夫,挥鞭! ·

雷朗热再也不去注意写着美丽动人的街名的石头牌子:交换街,淑复得街,意橡街,撒马利亚街。他一会儿穿过一道小巷,一会儿转出一条死胡同,一会儿跑下一截石梯,一会儿拐过一座拱门,在街上跑了一大圈。他在这个遗弃的贝壳里绕来绕去,就像在自己家里转悠一样自由自在。在家里,他熟知哪儿缺了一层台阶,哪块石头已碎了,哪块隔板起了刺,哪条横梁有危险,或是哪块下陷的地板上有枚钉子总是翘出来。黑暗本身也有它的光芒,如同水果皮上的蜡粉一样光滑。夫人,我终于到了。西尔范·马雷朗热托着城市,像是咖啡馆招待托着盘子一样,身体侧斜,灵活敏捷,动作利索,带着无可挑剔的平衡感。

两世界广场上矗立着一具花岗岩雕像,巨人的右手扶着地球,左手张开,向前伸出,迎接着和平鸽。走过广场后,西尔范·马雷朗热避开省政府大楼前的雪松,好几次玛丽就是自动地把头抵靠在它巨大的树干上,然后泪流满面地消失了。西尔范把这棵树取名为忧愁夜之树。他走了过去,然而心中毫无苦涩之意,甚至还像一个玩捉迷藏时摔倒在树丛中的孩子那样微笑着。玛丽将在哪一个拐角,哪一块招牌下出现呢?她比活着时还更活生生,更妩媚,更鲜亮。

西尔范有时还能重见她弥留之际的那副最后容貌,蜡黄转而发青的脸色,还带有她最后一次发病时摔倒后留下的紫黑紫黑的乌痕,这只是她演出最后一幕戏的小道具而已。她早已用滥了,因为她什么都会演。不管她披着什么外衣,装成什么模样,他都无条件地爱她,就是眼下的深更半夜,在这儿,谁知道她会穿着什么衣裙,戴着什么首饰而来呢?要不是他怕吵醒前前后后、左左右右、上上下下、四面八方缩在鸭绒被里呼呼酣睡的同胞们,即将来临的惊人场合恐怕会激起他引吭高歌了。鸭绒被,你才真正是人们的天堂啊!城市之树上盲目伸出的熟睡者之枝条惹得马雷朗热先生老是想发笑。他的脚步放得更轻更轻。

他来到了那些他极不喜欢的医生们居住的街区,他始终诧异不解:尽管他们是世上最最正直的人,但他们何以能毫无疚意地对着痛苦不堪的病人炫耀他们自己如此漂亮的住宅?难道人们不经思索便能遵循道德规范?他们把玛丽捏在手里拨弄来拨弄去,却查不出毛病究竟在哪里,结果便无计可施。每每当他想起这些,他就痛苦难言。泌尿科医生家的墙上伸出几杈光秃秃的椴树枝,上边停栖着一大团黑乎乎的东西,听到西尔范·马雷朗热停住脚步,它动弹了一下。那是医生养的孔雀。马雷朗热先生不敢抬眼望,心想这鸟儿怕是恶的化身,要不,巴比伦怎么把它敬为这个世界上的王子呢?更远一点,一只老鼠沿着阴沟蹿过,细长的身子发出像丝绸一样的银光,煞是好看,它猛地停下来,又跑了起来,跑跑停停,变得越来越小。再远处,一条狗伸展着身子,发出像人一样的声音。

马雷朗热现在走在一个更加神秘的街区,自从市政当局强调节电以来,照明灯就一直不亮,使城市的整整一大片角落处于黑暗之中。那些东一处、西一处显现出来的小生命是夜晚仅有的活物,一只惊醒了的癞蛤蟆从路边凳子脚下跳出来……突然间,就像在故事中一样,一具重新复活的骨骼出现了,某种长久的欲望组成了肌肉再次将骨架填满。玛丽的嗓音从空荡荡的大街上清脆地响了起来,在西尔范·马雷朗热面前飘过,悠悠然传向剧院的列柱廊。

"咕咕!"

他转过身子。玛丽向他伸出手来让他吻,笑盈盈地扭着腰肢,显出古怪的羞涩之态。

"你吓了我一跳!"西尔范说着,回敬了她一脸笑意,"你从来没有这么漂亮过,你穿了一件透明露胸的连衫裙,是想让我大吃一惊吧,可是你会着凉的,快别待在风口里了。"

他跨着有力的步子,把她拉到街尽头。她和他并肩而行,把他裹进了她的香味中。

"这儿,我们在这儿待着更好些!这里是康托瓦兹家原来的房子,你还记得吗?他们把它卖了。现在住着五个房客。大门是自动开启的。我们进去暖和暖和。"

大门可以通过一辆马车,门里,一道宽阔的楼梯在下边与路面相接。

"噢,"玛丽叫了起来,"这么多儿童车!多么可怕哟,这个小兔棚!"

"我没有让你生过一个孩子,"马雷朗热先生啾啾地说,把过错全都揽到自己身上,"我不愿送给他们散发着恶臭的礼物。"

"说什么生活是美好的,世界是美好的,你跟

· 车夫,挥鞭! ·

我唠叨够了!"玛丽接着说,"还有一切,你买来讨我喜欢的这绘画,这银色的月光,这鲜红的旭日!你有时盯着它们看,如痴如醉。然而,一切只不过是一堆面包屑。"

"玛丽,"马雷朗热先生叹了一口气,"你从来不和我拌嘴。为什么偏偏今天要吵呢?你在颤抖?"

像是翻过一张纸,她消失了。一直呆坐在笼罩着黑魆魆阴影的楼梯井中的马雷朗热先生腾的一下站了起来。儿童车构成了一群龇牙咧嘴的恶魔。他掏出打火机,点燃火,举起火焰,把它凑到童车的顶篷下。火一下子着了起来。他未加摸索便找到了大门的锁头拉闩,跑了出来,火光映红了拉闩。

*

次日的《世纪觉醒报》——马雷朗热订阅的日报——上,刊登了一篇题为《神奇的罪孽》的文章,配有一幅照片,拍的是几辆烧焦的童车的残骸。童车撂在人行道上,座垫上的几团鬃毛几乎还完好无损。大楼的女看门人被请来靠着废铁条站着,头仰得老高老高,双臂交叉,短短的双腿上挺着个老大的肚子,袜子穿得一拧一拧的。马雷朗热先生剪下了文章和照片,把它塞进钢琴旁边谱架上乐谱中间的文件夹中。当他坐在书房里,重新研究一份诉讼代理人委托给他的书写资料时,他脑中又浮现出照片中那个女看门人的形象。一股炉火顿时涌上心头,烧得他脸上一阵阵地发烫。那悍妇一脸狂妄自大的神气意味着什么?一般情况下,世人只是通过阅读由某人署名写下的文章才了解某个特殊事件。那么作者是以什么手腕窃取了别人信任的权利呢?举例来说,放在马雷朗热先生眼前的,他正在研究的纸页上写着的歪歪扭扭、透着狂怒之气的字母 T,肯定不会是他亲手所写的道道笔画笔直、冷冷静静的 T。他心里想,肯定也有那么一只手在什么地方剪文章和照片,把它们存放进一只抽屉里。想到后来,他不禁诘问起自己来:他是不是不知不觉地想去抛头露面,去和别人分享夜间的奇遇。不,他可以起誓说,不!但是,这种想法一直困扰着他,妨碍着他的工作,他站起来,从乐谱中间抽出文件夹,跪在壁炉跟前。一根火柴足以把这可恶的剪报化为灰烬,但是,当他走回办公桌前时,女看门人的照片还在那儿,沉甸甸的,像镇纸一样压在一封牵涉继承权的来信上。马雷朗热先生不得不忍着耐心,才能重觅研究的快乐。

到了中午,心境恢复了平静。他决定上街去吃饭,这是他身心略感疲劳时安排的幕间插曲。雪鸫餐厅的四壁面对面地镶嵌着大镜子,逼迫大厅更显狭小,更迷惑人,八张大理石台面的桌子以及它们在镜中的影像到处撞入人们的眼眶。马雷朗热先生料想在此能听到人们议论社会新闻,但他听到的只是刀叉的声音。也不知道是哪个魔鬼驱动了他。他朝邻座俯下身子,那人刚好读完了《世纪觉醒报》,把报纸塞到屁股底下。

"对不起,能让我看一眼吗?"马雷朗热先生指着报纸,提出请求。

那人把报纸递给他。

"您不是本地人吧?"马雷朗热先生又问。

"不是。"顾客说。

"对不起,请原谅。"马雷朗热先生说。

"没关系,您留着它好了。"

马雷朗热先生见对方笑了笑并点了点头,于

是再一次问他,这样是不是真的不妨碍他。

"我马上就还您。"他说。

"用不着,我已经读了想读的消息,"陌生人回答。他瞧着镜中自己的影像,自言自语地说着,声音单调,仿佛心不在焉似的,"到处都一样。我住的离这里有六百公里。我为了生意到处奔波。我哪儿都去,不过我可以发誓说,世界上只有一家报纸,其他的都不过是它改头换面的翻版,是它换汤不换药的老一套文章:竞选集会、体育比赛、选美竞赛、市政规划、消防灭火、迎送祝词、洪水泛滥、宴会筵席、联谊会友、天灾人祸、死亡事故、受勋仪式、犯罪肇事。"

"没错。您瞧瞧这张烧毁的童车的照片!"马雷朗热先生指着报纸说。

"我在南锡见到过同样的事,三个星期之前,"那一个接着说,"上个月在蒙帕利埃也有过。不,奇怪的是这种无所不在的重复,为个芝麻大的事就嚷得闹翻天。你把一根火柴掉到了地上,他们就说那是橡树倒地发出的轰响。幸亏一切很快就会被人遗忘!"

"您认为真的是这样?"马雷朗热先生问。

· 车夫,挥鞭! ·

他的邻座没有回答,却注视着笔迹学家映在镜子中的三十六个反像。经过一系列的反射,在镜中镜的尽头,人们再也辨别不清他刮得光光的脸蛋、暗淡无神的眼睛、刷子一般平齐的短发、下溜的肩膀和他那将孩童般鲜亮的嘴唇包围在其中的一脸深深的皱纹。马雷朗热先生见他付了账,把双脚一并,像传令兵一样行了个礼就走了。他把报纸塞进衣袋,一回到家,急忙剪下详尽报道了他罪行的文章,又一次把它塞进夹在一支小夜曲和一首歌曲之间的文件夹中。

玛丽喜爱的钢琴仍旧合着盖。有时候,他也会掀起琴盖,伸出一根手指敲出几个音符,召唤丽人的亡灵。此时,音乐便会比常春藤挤得还紧地在回忆中颤抖,并撑持着它的立足点。玛丽就在键盘上,穿着她那条色彩斑斓的连衣裙。过一会儿,马雷朗热先生就将进入他的卧室,打开这个只为了怀念的需要才开启的衣橱,到里头抚摩她的连衣裙,柔软的面料将平息他双手最初的颤抖。他跪在半开的门的阴影里,紧闭双眼,手指揉搓着裙子的下摆,就像他在心爱的人生前时常做的那样。她现在那里,就在他的前上方,带着她优美的曲线,带着她那令人回想起散发出浓郁而凝重的异香的花冠的气息。

"今晚上再见,"马雷朗热先生说,"你愿在哪儿都成,穿这条裙子也好,穿另一条也好,都随便,你的喜好就是我的喜好!"

她确实可能会来的,不论风云突变,不论祸福轮回,她时刻都是命运的主宰,她会缺条胳膊,支着假腿一瘸一拐地来。即便这样,他仍然会怀着同样的渴望把她拥在怀中。不过,死亡使她早已变得和从前一样娇美,就像他那天在车站月台上见到她时一样:那是一个灰蒙蒙的白天,在熙熙攘攘的人群中,在列车的晃荡声、汽笛的尖叫声、人们的喊叫声中,在飞扬的尘土中,在这乱哄哄的交通高峰期里,她独自一人孤零零地兀立在金色的晨辉中。

为赶上晚上的那次开信筒,马雷朗热前去邮局投寄信件。他一路不断遇到熟人的问候。大家都认识他。他是本城的一个头面人物,神秘而可疑的行为爱好掩盖不了他的某种轻浮。他的举动,他的话语,都带有骑士的风度,轻飘飘的。

"瞧!"邮局女职员对他说,"马雷朗热先生,

· 车夫,挥鞭! ·

人总是那么快活,字总是那么漂亮。我可真羡慕您呢!我写的字跟苍蝇爬一样,而您那手漂亮的圆体,就像古代学校里学出来一样!喂,你来瞧瞧这个!"

她把马雷朗热的信递给坐在旁边的女同事看。信封上到处爬满了一个一个的圆圈儿。马雷朗热先生一点都不以为其中有什么讥讽之意。

"还像往常那样寄挂号吗?"

"对,"他说,"快件专递。"

"这样不会快到哪里去的!"女职员好意地解释道,"您知道,邮局已不是过去那样了。什么都不行了。不过,人们还是在尽力而为。这要看事情的性质。"

她找错了零钱,马雷朗热先生告诉她弄错了。

"实在对不起。"她说,赶紧补拿一枚硬币扔在柜台上。

马雷朗热先生刚一转身,女职员就俯身转向她的女同事。

"你看,其实他并不老是在梦想。他当即就发现找错钱了。"

她们开心地大笑起来,一边继续工作,接待着关门之前特别多的顾客,一边不停地说着闲话。

"我并不是想说他是一个快活的鳏夫,但他确实很有趣。"

"你以为他满口白牙还都是真的吗?"

马雷朗热先生回到家中,精心梳洗打扮。由于离出门与玛丽相会的时间尚早,他便找来一本书读,但他怎么也集中不起精神来。没有任何奇遇能够拴住他的心,只有他自己经历的奇遇才是真正的奇遇,它使一切书本上最最美妙的梦幻都相形见绌。房子收拾得整整齐齐,这是他生活的基本守则和道德规范。他今天干得够多了,电视节目根本吸引不了他,他从收音机里拨到一台音乐会,便将自己浸泡在浪漫而醇厚的音乐中,仿佛裹身在一匹缓缓打开的无穷无尽的布料中。因为从头一直裹到脚趾,他团在一起的双手就和摆钟的珐琅圆盘成了大厅中的唯一亮点。交响乐队就像汹涌的波涛,钢琴就像在这堆波涛的泡沫中时隐时现的闪闪发亮的一块岩石,而玛丽像条美人鱼似的溜了出来。现在,又到了夜深人静之时。马雷朗热先生出门来到街上,心怦怦直跳。月色凝沉,空中飘来一股罂粟的气味。在一个个百叶窗后面,马雷朗热先生听到波涛般深沉的嗓音,听到同桌吃饭的顾客的笑语声,他们像是一只裂开的水果的种子,一只在灯下显得黑乎乎、他想象可能是腐红色的熟石榴的籽粒;然而,实际上这只是一丝妒意,是被孤独感紧紧攫住的人们所感觉的那种妒意。街道黑魆魆的,拐角处的空间吸进了阴影,显得越发的黑,这黑暗与他焦虑心情的隔板相通相接,并在他周围堆积起了一个巨大而空荡荡的舞台的撑架,人们在这舞台上感到阵阵的过堂风。玛丽一直就没有露面。马雷朗热自忖,也许他太渴望见到她了,也许当他显得不那么急于寻找她时,她倒更容易到来。曾经有好几次,他出门时根本没想到她,结果她突然显形了,就是在那种为促助睡眠更稳更沉而做的健身散步时。他穿越市区,沿着河流从第一座桥走到第二座桥,在散发着一股破旧粗呢味的河水前停了一会儿,圣洁的气味同样从他身上散发出来。他战栗了一下。

"若是有一天没有……"他喃喃自语,像是在祈求厄运,逼它撒谎,但玛丽没有出现。等他回家上床时,天开始下起了小雨。

足足有一个小时,他直瞪瞪地睁着双眼,希望玛丽还能来,但她从未在屋里露过面,甚至在钢琴前也没有。西尔范·马雷朗热常常坐在扶手椅上一边打着瞌睡,一边守望着琴凳。到后来,他终于明白,在屋里是见不到她的,她只能在外边出现,事实教育了他。

女看门人照片上报后的第十五天,《世纪觉醒报》又登了一幅照片,在一所学校的风雨操场中,一群好奇的人团团围着一辆被烧毁了的有篷童车。报纸编辑发问:"罪恶难道出于一个无力生育的女人之手?"马雷朗热先生从文件夹中抽出那份新剪报,再一次读了起来,他追索着记者的思路,把它沿用在玛丽身上。那天晚上他遇见玛丽了。他自问,是不是那死去的女人在引导着他的手,象征性地摧毁一切儿童车的形象。因为她本来也想自己能高高兴兴地推着儿童车,但老天剥夺了她的这一愿望。下一次会面时,他一定要问问她这个问题。一个星期后,他们又会面了,那是个月光皎洁的夜晚,在一个破旧的菜市场,顶棚披斜下来一直到离地面几尺处,几根中世纪时的老橡木柱支撑着它。空场上流荡着一股海腥味,柱脚透出铜锈般的暗绿。马雷朗热先生穿越菜市场时,玛丽突然在一片鱼鳞的反光中出现了。海鲜市场就像置于柔和的清辉中一只庞大的格子笼。

"玛丽,玛丽!你是多么叫人想念啊!"马雷朗热叫道。

"你怪我了吗,西尔范?我对你可从来没有干过什么,我有一切理由对你这样说!西尔范,是你呼唤玛丽的时候了,玛丽!玛丽!那么多次你丧失理智,那么多次你精力过剩,你把什么路易莎、让娜、德妮丝、伊芙娜等一大串女人扔到我的头上,现在你又离开了她们来找我!"

"别逃走!"看到刚刚显形的女人从一根柱子后面飘逸而逝,马雷朗热先生高叫起来。但她又从另一侧出现,笑吟吟的,老是那么镇定自若。

"西尔范?每当我梦见她们给你来电话,你当着我的面和她们约会,有时还强迫我从琴键上抬起手指,好让你更加安安静静,更加高高兴兴地听她们说话,我就感到我被甩在了一边,我有血有肉地待在一旁,而一些徒有虚名的影子却比我强!今天好了,游戏倒了一个个儿。我终于明白了离别具有多大的力量。我能帮你什么忙吗?"

"我再也不去看你说的那些人了,甚至连想都不去想她们。假如说她们还在的话,那也只不过是一棵树上千千万万片树叶中难以分清的几片叶子而已。更何况她们也许早已凋落了。你才是大树。我的爱,你在战栗!我要为你生一堆旺旺的火。我要让你摆脱正纠缠着你的思绪。我要让所有的儿童车见鬼去。你将再没有什么遗憾。"

玛丽一副沉思的模样。这给她的幻象带来一种波浪般的掠动,使马雷朗热先生回想起一个一九〇〇年样式的花瓶,那是她为装饰钢琴而放在琴盖上的,花瓶上画着一个从水波中露出身子来的带弓的女子。两者酷似酷肖,令人难以辨别。马雷朗热先生笑了,是的,一幢房子里总会有一件东西能体现出居住者的心灵。瞧他本人,齐刷刷的平头和弧形的罗圈腿,不就活脱脱是那个搁在壁炉上搁火柴的小盒架的化身吗?瞧,这旧时代巴黎式的火柴盒架上雕着一位骑士,坐在一个装满火柴的桶旁休息,人们要划火柴时,就抽出一根来,在骑士那又短又卷的头发上擦一下,眼下那头发都已因经常擦划而变得灰白灰白的。

"啊,玛丽!"他喊叫道,"幸亏我有了你!你

• 车夫,挥鞭! •

知道吗,我最近对寡妇芒谢特太太财产继承案所作的一次笔迹鉴定毫无结果?有个精明的对手得出了与我完全相反的结果,我是从假遗嘱中作出了错误的推断,结果他压倒了我!我现在不奢想别的什么,只想退休算了。唉!人总还得活呀!我并不责怪你要求死后火化,还让我把你的骨灰撒到旧公共花园的玫瑰园里。可是公园已经不存在了。那块地上建造了新的旅行社大楼,难道这是我的错?我真羡慕那些能够到死去的心上人的墓碑前献花的人。因此,我现在没有别的什么可做,只有与你来相会,让每次相会的间隔缩短一些再缩短一些吧!玛丽,你说好吗?既然你无处不在!"

菜市场似乎一下子变成了另一个世界。马雷朗热先生高喊了几声玛丽的名字,声音在柱子间回荡。他钻入了这片幻灭的森林,风如刀剑深深地刺入这密林之中。

自打他遇上神奇无比的鬼魂以来,他一直就没有看到,也没有听到有警车在行动。实际上,从出事之夜起,警方每晚都派出两名治安警察开着一辆小汽车在街上巡逻。警士图尔科特和他的同事勒弗洛瓦早已注意到马雷朗热先生拐进了菜市场,他们原以为他是进去解个手什么的。可是,过了老半天,他们一直都没看到他走出来。笔迹学家长时间的歇息开始使他们担心起来,这时,他们听到了最初几声响亮的叫喊。勒弗洛瓦还以为马雷朗热先生有个约会,但他没发现任何人。图尔科特建议,他们悄悄地走进去,看一看里面到底有什么阴谋诡计。他已有好长时间不再相信一个稳重的人会有什么智慧、冷静、端庄、正直了,不管这人是不是名人。

两个和平的卫士一直逼近了第一排柱子,他们的眼睛渐渐适应了由月亮的彩带投下的黑影。他们悄悄地对视一眼。马雷朗热先生一个人待在那里,用两种语气,两种嗓音说着话。他在祈求相援的那个玛丽到底是谁啊?他们想他一定是喝醉了。人发酒疯时还有什么做不出来呢?于是,等那个转悠的人脸色阴沉、手舞足蹈地从另一侧走出菜市场,步入洒满乳白色月光的街道时,他们又回到了警车上。他们没有必要追踪他,接近他。他们绕了一个小圈,在另一条大街中央又遇到了他,只见他泰然自若地向他们迎来。

·车夫,挥鞭!·

"晚上好!"图尔科特从车门中探出头来问候。

"晚上好,先生们!"马雷朗热先生答礼道。

然后,他就消失在他们汽车的后视镜中了,镜中只闪过一根根的路灯柱。两人继续他们的巡逻。一辆辆汽车沉睡在条条街道的两旁。时不时地有一只猫穿过马路。

在水族馆对面,有一家街角咖啡馆,人们在那儿可以一直喝到凌晨两点。他们停车听了一会儿,在带挂钩的、挡住一半窗户的大窗帘后,一切显得那么静谧。在窗帘的线网中出现了一架钢琴,顶部被镂空,换上了一个大玻璃缸,里面游着好几条鱼。一阵尖厉昂扬的乐曲从门底下滑过。再远一点,一大片威武异常的军营很难使人安心放胆。唯有天空透出一种初霜时节带撕裂声的轻薄亮光。图尔科特和勒弗洛瓦遗憾公务在身没能在酒吧柜台上喝上一杯热饮料。他们回到了警察局。在那儿煮咖啡喝。

由烧毁的童车引起的公众激愤已然平息。世界上的巨大冲突仍是一个遥远的背景,颇能供人消遣。上个月的事情就已够叫人忙得不亦乐乎了:两起持枪抢劫,一起溺水,一起长时间停电,一起附近高速公路上的交通大事故,还有在一个像你我一样的法兰西人的家庭中三个孪生小黑娃娃的诞生。偏偏在元旦过后的第二天夜里,托儿所所在的那条街上,也就是医院附近的那条街上,突然燃起了耀眼的大火。人们立即思忖:罪犯怎么能轻而易举地推开栅栏门,然后又打开院子里的车库门呢?于是乎人们纷纷更换已经失灵的门锁,每晚都仔细锁门,然而,还是损失了十余辆儿童车,这一次是车架和顶篷。诊疗所的山墙上,黑色的烟火痕迹还清晰可见。巴黎的各报接上了《世纪觉醒报》的腔调,人们很得意地指出马雷朗热先生所在地区犯罪率的上升。与此同时,马雷朗热先生文件夹中的新剪报也在渐渐增厚,成了一个相当规模的卷宗。他查阅剪报,每次都发现有什么话要说。纵火狂不找那些更易燃烧、更加坚固的东西下手,而只找儿童车,而且还是用不堪一击的骨架构成的小儿车撒气。为什么人们会觉得这是个怪现象呢?为什么人们坚持认为干出这种英雄举动的人一定有精神病呢?只需到马雷朗热先生家里来一趟就行了。人们会看到,只要你

· 车夫,挥鞭! ·

一按门铃,门就会立即打开,主人会带着神秘的问候,带着微笑热忱地欢迎你。

"有劳您了,还是请进来吧。请问您有什么事吗?"

"调查一件事。我们很想知道您对你们城市里发生的一些不愉快事件的看法。您是感到忧虑,还是好奇?您有什么疑点吗?"

"如此奇怪的癖好竟然征服了世界!"我会这样地惊呼起来,"为了一点点芝麻绿豆大的屁事,就搞什么民意调查!三天前,就有人问过我对爱情的态度;一个星期前,有人问过煤炭公债;此外还有什么关于法律的问卷,关于牙齿的问卷,对,就是牙齿,问我一天刷一次还是两次牙,朝什么方向刷。还有关于报纸上刊登诗歌的事,但是,先生,诗歌就该登在报纸上的啊!人们为什么不去谈论它呢?因此,我们要说,我们要说!可怜可怜我们的喉咙吧!您要不要来点清凉饮料?"

马雷朗热先生看到自己已经倒上了一小杯凉爽的酒。半个多世纪以来,他一直忠实地喝着这清凉的饮料。来访者对这单身汉房内的整齐和清洁大吃一惊。走廊上,壁炉上,楼梯上,各个房间里,无疑还有卧室里,到处都挂着一个丰满妩媚的女子的照片,每张照片上的她都笑容可掬,含而不露。一丝淡淡的硬纸板和柠檬的气味正沿着打过蜡的、闪闪发亮的台阶从卧室里飘出来。焦虑不安的调查者终于心安理得地喝完了饮料,请求原谅他的打扰。

"您完全可以这样做!"我说着,丝毫没有提高嗓门,"因为,您来这儿最终是要寻找一个告密者的。真遗憾。"

"这难道不就是您的职业吗?您不是在笔迹中寻找真情,寻找行为的最初动机,寻找那个握笔人的眼睛和面部线条,寻找这个编织、扣套、束紧面纱以掩盖自己面貌的人吗?"

"当然是的,"我承认道,"我以此为生,这是我的公开身份。但是,我做了什么与我的邻居,与我邻居的邻居不一样的事了呢?生活,就是撕掉面具。"

"谢谢您的接待,马雷朗热先生。看来,我不得不在调查表上您的姓名下打上一系列的问号。您将进入弃权栏名单的长列中。"

以上对话是一天中午天下起雪来时马雷朗热

先生一边煮着鸡蛋一边高声地说出来的。某张剪报上的一句话突然涌上他的心头:"至于说到想纵火,那可是并不少见的,易燃物实在是多得很呢!威胁儿童已是一件严峻的罪事了,然而更糟的是,竟然还要毁坏象征儿童时代的物件。我们面对着的,是一个地地道道的懦夫。""犯罪者始终无法找到。""这又是年鉴中的一件神秘事。"

马雷朗热先生不怎么喜欢煎鸡蛋(他管它叫荷包蛋),更喜欢吃煮鸡蛋,这会儿,他在锅沿上轻轻磕破鸡蛋壳,他看到过,玛丽就是这么做的。他模仿玛丽的一举一动,他拿来她的餐具,他坐在她喜欢坐的厨房空桌子前。许许多多的形象纷沓而至,驱走了一个爱人的形象,那是站在他身后,把手搭在他肩上的爱人的形象,就像多年以前的妈妈,谆谆告诫他吃东西不要狼吞虎咽。首先,必要时,我们可以读带有地方色彩的《世纪觉醒报》,让巴黎管它自己的事去吧!马雷朗热先生立即就看到了埃菲尔铁塔。在他眼里,铁塔一直在损害着巴黎的形象,这景致就像是一辆自行车突然闯入了路易十五宫殿的客厅。其次,是儿童们。他看到开来一辆辆学校的校车:"小心,有孩子!"尤其必须小心那些已经培养出来的人,他叫道,为了他们,人们已经付出了各种各样的代价,他们要远远珍贵得多!你是说莫扎特吗?一辆满载莫扎特的班车?不,我不开玩笑!一个可能成为莫扎特的人?一个莫扎特死去时只能已经是一个莫扎特了,早就确定的事实。或者,什么也没有。一无所有!请别打扰我!你说的是什么象征?有篷童车对玛丽来说从来不是一个象征,而是一种真正的痛苦,像扎入皮肤的尖刺一样实在,我要替她把它拔掉!对,玛丽,我会恢复平静的。

不知不觉之间,鸡蛋、面包、金枪鱼罐头、奶酪块全都下了肚,闹得胃怪不舒服的。"一个懦夫!"马雷朗热先生叹息道,"地地道道的!"什么是不应该听到的?!一个荒诞的幻象诱惑着他,烧燎着他。玛丽就像那些骄傲地推着儿童车、力求避开交通车辆、自我保护着在街道上横冲直撞的妇女一样,她女王一般地神气活现,挺着个大肚子,推着一辆坐满了小马雷朗热的童车,迈着慢得不能再慢的步子,在汽车喇叭如鬼哭狼嚎的火车站前大街正中央走着,丝毫不理会她自身所面临的险境和她将给孩子们招来的严重后果。一次次

·车夫,挥鞭!·

的紧急制动撕裂了车轮的胶胎。蓝天在马雷朗热先生的脑袋中晃荡。刹不住闸的高速奔驰的汽车一辆接一辆地在雪上滑移,压没了玛丽,压没了减速了的他自己,一大串的车子,那么小,都那么小。西尔范!他最后又一次听到有人叫他的名字。

*

马雷朗热先生的财产在既无遗嘱,又无继承人的情况下被送进了拍卖厅,拍卖所得款项全部入充国库。我购得了用一根细线扎起来的捆成一束的玛丽·马雷朗热的乐谱。在天才的莫扎特的变奏曲和已然去世的罗贝尔·普朗凯特[①]的改编曲之间,我发现了一份奇特的卷宗。

[①] 罗贝尔·普朗凯特(Robert Planquette,1848—1903),法国轻歌剧作曲家。

布朗热生平简历

一九二二年　　一月二十四日出生于法国瓦兹贡比涅。

一九四〇年　　因从事反纳粹侵略活动而被捕,被编入强制劳役队去德国做工。

一九四三年　　从劳役队逃脱,流亡巴西教授法语。

一九四六年　　离开南美,居住在乍得,当公务员。

一九五〇年代末　　返回法国,在多家杂志社做编辑,同时进入电影界,为不少的新浪潮电影撰写脚本、对话剧本,在一些电影中扮演角色。

一九六三年　　出版《乌鸦的婚礼》获得短篇小说大奖。

一九六六年　　出版《盘旋路》获得圣伯夫奖。

一九七一年　　出版《尿泡与灯笼》得法兰西学士院短篇小说奖。

一九七四年　出版《车夫,挥鞭!》得龚古尔短篇
　　　　　　小说奖。
一九七八年　出版《流浪儿》得法兰西国际电台
　　　　　　图书奖
一九七九年　出版《巴比伦一树》获摩纳哥大奖。
一九八三年至二〇〇八年　担任法国龚古尔文学
　　　　　　奖的评委。
二〇一四年　十月二十七日因病去世。

主要作品表

《乌鸦的婚礼》

《盘旋路》

《尿泡与灯笼》

《车夫,挥鞭!》

《流浪儿》

《巴比伦一树》

《过客》

《蜂鸟文丛》

第一辑（按作者生年排序）

苹果树	〔英〕约翰·高尔斯华绥
一个陌生女人的来信	〔奥地利〕斯蒂芬·茨威格
奥兰多	〔英〕弗吉尼亚·吴尔夫
熊	〔美〕威廉·福克纳
乞力马扎罗山上的雪	〔美〕欧内斯特·海明威
文字生涯	〔法〕让-保尔·萨特
局外人	〔法〕阿尔贝·加缪
我的包着红头巾的小白杨	〔吉尔吉斯斯坦〕钦吉斯·艾特玛托夫
饲养	〔日〕大江健三郎
夜半撞车	〔法〕帕特里克·莫迪亚诺

第二辑（按作者生年排序）

野兽的烙印	〔英〕约瑟夫·鲁德亚德·吉卜林
地粮	〔法〕安德烈·纪德
米佳的爱情	〔俄〕伊万·布宁
都柏林人	〔爱尔兰〕詹姆斯·乔伊斯
乡村医生	〔奥地利〕弗兰茨·卡夫卡
蜜月	〔英〕凯瑟琳·曼斯菲尔德
印象与风景	〔西班牙〕费德里科·加西亚·洛尔迦
被束缚的人	〔奥地利〕伊尔泽·艾兴格尔
孩子，你别哭	〔肯尼亚〕恩古吉·瓦·提安哥
他和他的人	〔南非〕J.M. 库切

第三辑（按作者生年排序）

黑暗的心	〔英〕约瑟夫·康拉德
啊，拓荒者！	〔美〕薇拉·凯瑟
人的境遇	〔法〕安德烈·马尔罗
爱岛的男人	〔英〕D. H. 劳伦斯
竹林中	〔日〕芥川龙之介
动物农场	〔英〕乔治·奥威尔
夜里老鼠们要睡觉	〔德〕沃尔夫冈·博尔歇特
车夫，挥鞭！	〔法〕达尼埃尔·布朗热
沉睡的人	〔法〕乔治·佩雷克
火与冰的故事集	〔英〕A.S. 拜厄特